U0143961

Aven 的
美肤餐

Aven 著

电子工业出版社

Publishing House of Electronics Industry

北京·BEIJING

Enjoy your cooking and good luck !

我在逆光线之下，你看不到我灿烂的笑脸。

但我可以告知你，此时的我很快乐很享受。

我不会要像一部电影一样把最终的情节都告诉你，

我要你知道，当你翻开书页时，你会明白做菜是如此简单和美妙！

永远不要看低自己，因为做菜是我们的本能，是生存和希望的本能！

我是Aven，来自台湾，我的工作始终和美丽有关，有人形容我是创造美丽的使者，我想这一称呼有些过誉。不论如何，通过自己的审美和技术，告诉每个女孩子最正确最贴心的护肤保养方法，传达健康积极的生活方式和

态度，追求由内而外散发出的健康之美，是我始终遵循的准则。

美丽有着丰富的内涵，它不仅仅来自外在的修饰，我更看重内心力量的富足而闪耀出的光彩，这正是女性魅力的最佳展现。而健康的饮食和生活方式可是不可或缺的美丽基础呦，相信你，一定是个爱美食的小馋猫儿吧，美食当前，是不是一直为几个尺码而纠结？！哈哈！其实，在Aven看来，根本用不着这样难过和痛苦啦！看看Aven的快乐生活吧，我可从不会拒绝美食的诱惑，健康的身材和好气色少了营养怎么可以？！这可是擦了再多的粉底也打造不出来的！

我非常喜欢烹饪,我认为做菜不光是喂饱自己那么简单，而是在做菜的过程中可以享受到更多的生活乐趣,因为我懂得做菜，所以我更能保证我的饮食健康且合理。建议你也像Aven一样，把做菜列入抗老保养的方式，既然是每天都要面对吃吃喝喝，不如就交给自己来做。

记得我第一次舞动锅碗是独自在家的下午，当时因为父母都在城市工作，自小爷爷带大的Aven很小时就开始摸索做菜。我记得第一次做的是甜品绿豆汤，没想到那次加错了调料误把盐当做白糖猛加,那年我十岁，从那

时起，我便记住了味道的区别。

在崇尚健康生活方式的Aven眼中，做菜是肌肤保养的基础。利用不同食材来做创意和变化，可以养肤、调解肤色、排毒、美白,当然还有最重要的科目——减肥！

我每周都会去超市买菜，买菜对我来说就像运动，更是一种乐趣所在。就像女孩子们喜欢去逛街一样，每次进到市场我都会开心不已。每一样蔬菜水果都会让我感到兴奋，将它拿在手中看一看，闻一闻，那种感觉岂止是幸福二字能形容的！有机的商品更是我不会放过的必买必看品之一，这就好像进了服装领域的高级定制店，需要认真，有耐心的挑选！为什么我会对有机食品那么情有独钟，一是因为它们选料新鲜，吃起来的味道就是不一样！还有就是它们统统无添加任何化学物质和农药，所以吃起来会特别的放心！在享受美食的同时也会很安心，为自己打造一顿健康的有机美食吧！哈哈，加油喔！

我喜欢自己做菜宴请好友，这比请朋友去餐厅吃饭更贴心，我周围的朋友大部份来自四面八方，我的热情招待驱散了他们在异乡打拼的孤独。朋友们来我家做客时也会带上好酒或一些干货,每个人都很有参与感。在饭桌上我们有聊不完的话题，做菜不仅让我展现个人热情，更重要的是分享。跟新朋友谈话内容要结束的最后一句话便是有空来参加Aven的饭局！

如果你喜欢我的这本书，或者你爱上这种清新与健康的味道，你就会发现，我做菜要求简单，食材随手可得,菜式不烦琐，我做出来的菜一定要美味、好吃、营养。Aven的口号是："做菜时一定要充满热情，不管什么菜式，只要你添加热情，你的菜就会色香味俱全啰!热情是烹饪最好的兄弟！"

来吧！一起动手，enjoy你的生活，美丽你的肌肤！

自己做菜的10个理由

1 可以掌控新鲜食材的来源~

2 食用油的质量非常重要~

3 舒缓压力心情愉悦~

4 做菜招待朋友让友谊常存~

5 保养自己一定要内外兼修~

6 做菜使自己变得更迷人~

7 维持均衡体态更懂自己

8 告别不洁蔬菜和过期食品

9 有时孤单做菜让夜晚更美丽

10 切切实实与自己的心灵同分享！

Contents

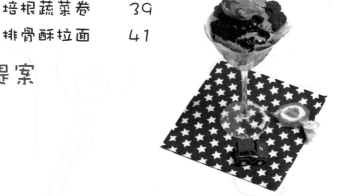

Charpter 5 创意爱心便当，巧思生活营养足！

Charpter 6 窝心甜点

Charpter 7 甜蜜蜜甜汤

Charpter 8 缤纷养肤好气色果汁

Aven和他的朋友们~

Charpter 1

窈窕新曲线，健康色拉自然瘦

　　在这本书里，Aven会不厌其烦地对你重复着那句话：美肤是吃出来的！简单DIY，收获健康和好心情！

　　Aven知道你一定很在乎自己的体重，不过即使体重持续上升快要人命了，我也绝对反对你用节食来抗议，不要忘记还有色拉可以选择哦！其实Aven是个肉食主义者，如果都是蔬菜的话是无法吸引我胃口的，倘若要有些肉类掺在里头，便能让我疯狂大吃，这就叫"诱惑"。哈哈！

　　我在减肥期间，每天一定会有一餐选吃色拉，因为它简单、方便、清爽，味道又好，还有小小的荤食藏在蔬菜里等你去挖宝呢！所以这些食物可以列入重点瘦身食物哦！每当提及减肥话题，我总是诚恳地告诉身边每一个女孩子，减肥期间哪些食物该多吃，哪些该避免，要知道，美丽肌肤可是由内而外的健康做基础的呦！

　　今天我要把这些健康色拉全部毫无保留地告诉大家，我们一起在享受简单的DIY轻食中获得水嫩肌肤吧！

瘦身鲜虾色拉

　　没有复杂的烹调过程，只要买到新鲜材料稍稍料理一下就可以大功告成。相信你也和Aven遇到一样的问题，就是只吃蔬菜色拉实在难以下咽，不过搭配上鲜虾就会有完全不一样的感觉了，只是大龙虾换成小虾而已。今天搭配的色拉酱（美乃兹）是奶香蛋香混合味道的，吃过真的会令你大呼过瘾呀！这一碗一个人吃刚好，很有饱足感，吃完时后Aven都会像小朋友那样把碗中的色拉舔干净。哈哈！

主要食材：

鲜虾40克，莴苣半颗，胡萝卜丝少许，鸡蛋一枚，低脂奶油10克，盐一小匙，黄油10克，姜片少许，生菜叶少许。

轻松DIY：

1 莴苣洗净后切丝备用。

2 鲜虾洗净后剥壳备用，锅子中注入1000毫升的水煮滚后加入两片姜片和一匙盐；水烧开后放虾进去煮熟，约2分钟即可！

3 接着开始制作我们所需的色拉酱喽！把鸡蛋、低脂奶油、盐和黄油同时放进搅拌器搅拌3分钟即完成！

4 把生菜铺在盘子上，再放入鲜虾和所有蔬菜，最后淋上自制的色拉酱就完成了！

Aven美肤营养小叮咛

虾的营养价值很高，其含有的多种维生素和氨基酸都是身体所需的营养元素，其中谷氨酸含量最多，它可以刺激皮肤的胶原蛋白活跃再生，瘦身又美容。

Aven爱心小贴士

挑虾时不能选软趴趴的，可以试着抓它的须，如果强韧表示很新鲜，如果一抓虾头落地，对不起就要请你再做挑选啦！另外莴苣具有消水肿的功效，所以脸部有浮肿的朋友可以多吃！

Aven要跟大家介绍的这道轻食色拉
是晚上肚子饿时也能吃的！

聪明金枪鱼色拉

鱼类是Aven的最爱，鱼肉中丰富的营养物质可是多少瓶护肤品都比不来的。来到北京后，我深深迷恋上了水煮鱼。一时间，一直依靠着外卖中的油腻食物（包括水煮鱼）为食粮，使得脸上冒出了好多痘痘，体重也不自觉的往上飙升了几个数字，短短不到一个月的时间竟然胖了8公斤！脸不但变圆了人也显得老了，而我竟然完全没发现变胖了这件事情，更受打击的是回到台北大家都差点认不出来我了！

主要食材：

金枪鱼罐头一盒，西兰花10克，胡萝卜丁少许，无盐奶油5克，鸡蛋一枚，酸奶酪10克，盐少许，黑胡椒少许。

轻松DIY：

1 将西兰花用滚水煮一分钟后捞起备用。鸡蛋打散备用。

2 把金枪鱼罐头打开后整罐扣在碗里再放入西兰花。

3 接着将无盐奶油、鸡蛋、酸奶酪、盐及黑胡椒加入搅拌器中均匀拌打2分钟完成色拉酱的制作。

4 最后将色拉酱和胡萝卜丁加入并搅拌就大功告成了！

　　Aven默默地告诉自己要马上减肥了，坚决不能再吃外面的油腻食物了！所以当机立断开始自己做菜并配合运动，短短一个月就瘦回原来的样子了！8公斤顿时就化成云雾散开了！

Aven美肤营养小叮咛

真的太感谢Aven的爷爷了，小时候就常做金枪鱼给我吃，让Aven的骨骼可以这么强壮，还有健康的牙齿！

青脆多汁的百笋是上天给我们的恩物，怎么吃都吃不胖喔！

比思热色拉

杏鲍菇是Aven最喜欢的菌类，外形肥软，口感香嫩多汁，无论是拿来煎、烤、炸，样样精彩！把它切成丝加入米饭里一起煮，一锅健康营养米饭就出锅了！真的会让你忍不住多扒几口呢！味道不比松茸差哦！

16

主要食材：

杏鲍菇100克，芦笋200克，橄榄油，盐，低脂色拉酱少许，海苔、白芝麻少许。

轻松DIY：

1. 把芦笋的外皮小心用刀刮掉！
2. 杏鲍菇切成两厘米厚的片。然后你可以选择用烤箱，也可以选择用滚水氽烫。
3. 在平底锅内倒入少量的橄榄油慢慢将它煎熟煎香。
4. 芦笋切段后，放入加了盐的水中煮熟后再放凉就可以了！当然如果你喜欢原汁原味，也可以将芦笋蒸熟。
5. 芦笋铺底，杏鲍菇放在上面。挤上一点点低脂色拉酱，再洒上白芝麻与海苔丝，这道吃不胖又美味的色拉就完成了！不一定要当正餐！你也可以当零食吃哦！真是太棒了！

Aven美肤营养小叮咛

杏鲍菇富含大量的蛋白质和氨基酸，其蛋白质含量是猪肉的3倍多、大米的4倍多、牛奶的6倍多！且其中所含的氨基酸都是人体必需的！

今天Aven做的这道比思热色拉，能让你疯狂地吃都吃不胖！如果你无法忍受减肥期间顿顿蔬菜的痛苦，那么一定试试杏鲍菇吧！真的不要小看杏鲍菇的威力呢！

芦笋还有补虚消水肿的功效，青脆的芦笋可是被誉为十大蔬菜之一哦！

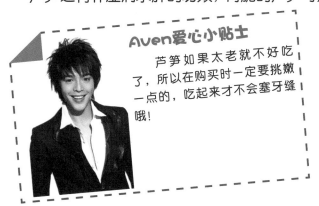

Aven爱心小贴士

芦笋如果太老就不好吃了，所以在购买时一定要挑嫩一点的，吃起来才不会塞牙缝哦！

减肥期间不要太狠心地

虐待自己的胃嘛！

泰式酸辣色拉

如果你在减肥期间又想来点儿重口味的餐点，那该怎么办？你该不会忍不住跑去吃一顿火锅来消消气吧！但激情过后又会懊悔不已。你这不是完全在自我折磨吗？

主要食材：

新鲜鱿鱼圈50克，四季豆30克，圣女果10枚，蘑菇5个，蒜瓣10片，姜片，辣椒粉少许，新鲜柠檬一个，苹果醋一大匙，白砂糖一小匙，泰国鱼露少许，盐少许。

轻松DIY：

1 首先把四季豆切成斜条状，然后用煮开的热水烫好备用，蘑菇切成片备用。

2 新鲜柠檬对半切，一半要挤汁，另一半切成丁。

3 汤锅中加入500毫升水后放入盐和两片姜，再把鱿鱼放入煮熟。

4 圣女果对半切。蘑菇对半切用烤箱烤6分钟，记得温度要设置在180℃左右。因为蘑菇烤过会比较香哦！

5 把所有的材料放入一个大碗中，越大越好！待食物全部冷却后就

可以全部放入碗里（没有什么先后顺序）。再把调味料一一加进来。在搅拌的时候你就可以闻到非常鲜香的味道了！你也可以试着放一些罗勒叶增添浓郁的口感！但我认为有没有都无伤大雅，这样子就已经让你食欲大增了！

Aven美肤营养小叮咛

这种酸辣风味的色拉在泰餐中很常见，难怪很多泰国人怎么吃都不胖，而且身材都很清瘦！至于那黝黑的皮肤我们就不要跟他们做比较了，我们需要的是美白哦！

Enjoy Your Cooking And Good Luck！

这道菜我没有多放调味料，因为本身已经有了柠檬汁的酸度，再加上苹果醋，还有一点点辣椒粉。哇！这滋味吃起来真的太过瘾了！四季豆吃起来青脆无比，加上鱿鱼圈就更不用说了！我很喜欢鱿鱼圈鲜嫩的咬劲，但是记得一定要买新鲜的才对味哦！最重要是的我加了一点点泰国鱼露，才让此佳肴鲜香无比！

Aven的美肤餐，最大的特点便是超简单！

20

一星期我会吃上两次水果色拉，不求好看，只求方便简单。也许你会问："直接吃水果与把水果都切好再吃有什么分别呢？"实际上口感跟视觉都差很多哦！像这一盘水果色拉就是我的主食，光把这一盘吃完，身体所需要的维生素一次就可补充完了，而且还能消水肿、减肥！

缤纷水精灵水果色拉

水果色拉也有很多不同的吃法，像我今天就蘸酸奶冻加上蓝莓酱一起吃。说真的，我太爱蓝莓酱了！对于味道比较酸的水果它可以发挥中和的作用，有时我也会加一点炼乳使水果更香甜好吃。

轻松DIY：

把你爱吃的水果洗净并切成你喜欢的形状，可以添加奶油、酸奶、草莓酱等，如果你要更奢侈的享受还可以搭配一杯白葡萄酒。白葡萄酒搭配水果，口味非常棒！

Aven美肤营养小叮咛

现今我们吃掉太多的盐，引致上火口干舌燥，脸上也出现很难消的水肿，所以饮食一定要均衡健康。

Aven爱心小贴士

居家做spa时吃水果色拉，比外面的美容沙龙都还要来得高级卫生哦！Aven提醒你饭后一小时内不要吃水果，否则水果养份不易被吸收！

21

我们看着夕阳，互相依依偎偎，回味着自己做的餐点。
我希望天天都这样！

巧克力雪花

　　这也是一道由水果组成的色拉,里面有刚烤过的热腾腾的面包块,加上了草莓,还有奇异果,当然还有果味奶酪来做伴,最后淋上蜂蜜,看似华丽,做法却是那么的简单。由于面包已经烤得有点焦,搭配新鲜奇异果简直滋味难忘,而新鲜的草莓加上奶酪一起下肚,再配上一杯香槟,人生所有的问句,瞬间都有答案!

主要食材:

吐司两大片,果味奶酪适量,
黑巧克力一片,草莓10颗,
奇异果两枚,蜂蜜适量。

轻松DIY:

1　黑巧克力刨丝;奇异果和果味奶酪均切块。

2　将吐司面包送进烤箱烤1分钟后切成块。

3　将所有的材料装盘并搅拌均匀。

Aven爱心小贴士

　　黑巧克力用水果刀刨成丝后再淋上蜂蜜味道更绝,当然你也可以再加上炼乳,搭配香槟一起品尝。如果你不喝酒那么搭配一杯热可可也是不错的选择哦!

如果你爱吃色拉，就吃我这一款吧，记得要加黑胡椒粒哦！

培根黄瓜色拉

　　培根是让人又爱又恨的食物，光是煎培根就能让Aven口水直流，但吃太多可不行，就像腊肉一样，都是要配一些青菜来炒。我爱培根，但我知道它会让我发胖所以久久才做一次来解馋。最好的吃法就是搭配大量的蔬菜一起吃，我还加了海苔和白芝麻，最重要的是加入了橄榄油，它所含的不饱和脂肪酸对人体非常有益。

主要食材：

三片培根，生菜适量，小黄瓜两根，黑胡椒粒，海盐少许，白芝麻，海苔丝，橄榄油。

轻松DIY：

1. 生菜洗净切段，小黄瓜切片。
2. 锅中倒入橄榄油，将培根煎香。
3. 将生菜段、小黄瓜片与培根搅拌，撒上少许海盐。
4. 最后再滴上少许橄榄油，撒上白芝麻和海苔丝搅拌，最重要的是不要忘记撒上黑胡椒粒哦！

放心吧！
怎么吃都吃不胖！
Enjoy yourself！

你有多久没有 一个人静下心来感受身边的点滴感动了？你有多久都在为工作忙碌没有坐下来晒晒太阳，品品美食了？生活忙碌充实一点很好，但也不要绷得太紧哦！即使工作再忙，也要尽量让自己放松，享受一个人的快乐时光！

Charpter 2

轻松小食

只身一人来到北京打拼，对外面的食物早就有点腻了，可能是个性使然，Aven本身也不喜欢在外面吃饭。加上外面的食物烹煮过程、食材和卫生状况等等都是我们不能控制的，久而久之对身体造成很大的伤害。我们要对自己好一点，凭借自己的努力把生活过得更有情趣，不要一个人下班回家深陷在不知道晚饭该怎么解决的苦恼中。若要有更好的选择，当然就是自己做轻松小食来犒劳自己啦！

甜心米Pizza

有一次我突然心血来潮烤了一个米Pizza，那是我第一次尝试着自己来做Pizza，竟然没有失败！其实做菜只要够大胆，一定不会出任何的错误！

主要食材：

熟米饭一小锅（要视你做多大的米Pizza而定！），奶酪200克刨丝，洋葱10克，圣女果10枚，培根两片，橄榄油少许，盐、胡椒粉少许，番茄酱视个人喜好备用。

轻松DIY：

平底锅做法：

1　把煮好的米饭拌松软，趁它有温度的时候同放入一小匙橄榄油和奶酪丝搅拌。不要忘记再加少许盐和胡椒粉来调味！

2　找一个你喜欢的形状的烤盘，把已经拌好的米饭装进去压紧再扣出来，这就是Pizza模型了。

3　平底锅烧热后倒入一点点橄榄油，把米Pizza放入锅里用小火煎烤。这时候你可以同时煎培根和洋葱，圣女果可略煎一下。

4　待闻到米香后小心地把米Pizza移到木盘中，这时候把炒好的洋葱、培根和圣女果铺在上面。记得放上奶酪丝喔！

烤箱做法：

1　把米饭铺在烤盘上撒入奶酪，再撒上胡椒粉和盐搅拌，之后再盖上米饭。

2　把圣女果、洋葱及培根铺在上面。

3　将烤箱预热到180℃后将烤盘放进去烤8分钟就完成了。

Aven爱心小贴士

你可以在米Pizza上放一些你想要吃的水果或蔬菜，这么方便的米Pizza不会弄得你全身都是面粉喔！

31

今天我做的是法国熏鸡口味的轻食面包，加上黑胡椒粒，还有一点点橄榄油，两片生菜，淋上我最喜欢的番茄酱，哇，我已经觉得非常满足和幸福了！一点巧思一点变化，你在家里也可以吃到不同口味的面包哦！

　　创意有趣的面包可以当早餐，也方便野餐时携带。像这样的法棍面包，口感虽然有点硬，但越嚼越香，再配上自己喜欢的配料，抹上番茄酱，就变成我的大爱了！肚子饿没东西吃，不要吃泡面啦，可以买一些面包回来以备不时之需！况且做法简单，也比外面卖的新鲜。你还可以蘸一点我做的香蒜酱，撕成一小口一小口吃，滋味很独特喔！也可以加上Cheese一起享用，还有奶油也是不错的选择。反正只要你喜欢的口味都可以加入其中！

法式熏肉潜水艇

主要食材：

法棍面包一条，法式熏鸡肉，番茄酱，黑胡椒粒，生菜两片，橄榄油适量。

轻松DIY：

1　先将法棍面包用刀由头到尾划深深的一刀，好方便夹配料。

2　将面包放进烤箱烤3分钟，烤箱温度约180℃左右。

3　烤完取出后把法式熏鸡肉片稍微用平底锅煎熟，再放入面包中央的空隙中，撒上黑胡椒粒，然后放入生菜。

4　如果你喜欢吃味道比较重的，也可以加入洋葱。最后在上面淋上番茄酱，这款"法式熏肉潜水艇"就完成了。

经典三明治

来个经典又健康的三明治吧！这是Aven减肥时常吃的食物。在减肥期间的Aven绝不会不吃不喝，因为那样很伤身体。但吃水果又没有饱足感，所以我会选择这款经典三明治作为一餐，剩下两餐可以用水果或绿豆汤来代替。这样下来每星期可以平均瘦下两公斤，而且还不会饿到发慌！为了营养，我使用全麦吐司面包，一是它比较抗饿，二是它含有很多维生素可供我们的身体摄取。

来吧，如果你减肥期间嘴馋了就吃这款经典三明治！Aven所用的材料是一人份的哦！

主要食材：

全麦吐司四片，小黄瓜半条切片，水煮蛋一枚切片，金枪鱼罐头一盒，西红柿视自己喜不喜欢来定，低脂色拉酱适量。

轻松DIY：

1 把吐司的边切掉，每一片吐司的两面都抹上一点点低脂色拉酱。

2 第一层可以放入小黄瓜片，盖上一片吐司后再抹上金枪鱼肉。

3 再盖上一片吐司，放上水煮蛋片。

4 最后再盖上一层吐司压实就可以了。

Aven爱心小贴士

切掉的吐司边不要扔掉，它的用途也非常多，可以拿进烤箱烤略微有点焦，然后切块加入玉米浓汤或菠菜汤中一起食用；也可以烤过后用密封袋收起来放入冰箱，要吃时便非常节省时间啦！

库乐汉堡

这款汉堡不仅超有料，还是双层的喔！单调的减肥餐确实令人厌倦，再坚持不住了就会前功尽弃，Aven隆重向你推荐这一款库乐汉堡，吃了会让你超High的！

主要食材：

汉堡胚两个，火腿一片，生菜两片，熟鸡蛋一枚，肉饼一块，低脂色拉酱少许，番茄酱少许。

轻松DIY：

1 将两个汉堡胚对半切好后放入预热到180℃的烤箱烤3分钟左右。

2 第一层汉堡胚放上煎好的肉饼，再放上一片生菜，加上一片火腿，之后放上汉堡胚。

3 我们取上面这一片汉堡胚，在上面再放上生菜和鸡蛋，最后盖上另一片汉堡胚就完成了！

Aven爱心小贴士
以上的配料可以随你心意做变换哦！

　　当然，自己做菜的乐趣还不仅这些，当我把大汉堡做完时那种成就感无法言喻！欣赏约十秒我就会大口咬下，这时候金黄色的蛋液瞬间落下，香嫩的火腿迎接而来，之后还有大块多汁的肉排等你去咬，哇！吃这款汉堡真的让我兴奋加过瘾，过完了瘾我也要休息一下到外面散散步消消食！

Aven爱心小贴士
我一个月内大概会有一两天的时间是吃汉堡来填饱自己的胃，偶尔将它与你清淡饮食搭配，减肥更有乐趣！我会根据自己的口欲来选美食，这就是会做菜的好处啊！

培根蔬菜卷

如果有朋友来我家做客喝啤酒，我一定会端出这道下酒菜！它简直变化无穷，卷虾、卷芦笋，当然也可以像我一样卷小番茄和卷心菜。我迷恋培根，因为它是我的百搭食材，用它来炒菜、炒饭都是一流的。但腌渍食品还是少吃为妙，因为很容易发胖，这道培根卷最好搭配啤酒一起享用，在Aven看来，再没有什么饮品可以超越啤酒与它相配了！

主要食材：

培根5片，圣女果若干，小卷心菜若干，牙签5根，橄榄油。

轻松DIY：

1 平低锅中倒入少许橄榄油，把培根两面都煎熟煎香但千万不要煎得太老！不然不好卷哦！

2 圣女果洗干净，小卷心菜用滚水烫过备用！

3 把培根铺平先卷圣女果，另一头卷小卷心菜，之后用牙签固定就完成了！

排骨酥拉面

主要食材：

猪小排1000克，冬瓜小半个，拉面一份，姜丝少许，枸杞、胡椒粉少许，香菇粉一小匙，酱油一匙，白砂糖，地瓜粉半碗。

轻松DIY：

1. 冬瓜切片；排骨切成小块，加入酱油和白砂糖腌制5分钟使其入味！

2. 油锅热后，将排骨裹上地瓜粉入锅中炸，要耐心的把排骨炸到金黄色才可以哦！看起来很香酥的样子！

3. 另一口锅中倒入500克的清水，煮沸后加入姜丝、枸杞、冬瓜片。

4. 将拉面放入锅内一起煮，这时把炸好的排骨放进汤面里。

5. 最后撒上盐、香菇粉、胡椒粉调味，大功告成！

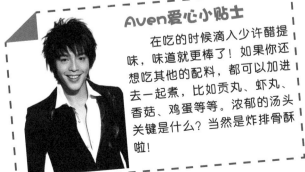

Aven爱心小贴士

在吃的时候滴入少许醋提味，味道就更棒了！如果你还想吃其他的配料，都可以加进去一起煮，比如贡丸、虾丸、香菇、鸡蛋等等。浓郁的汤头关键是什么？当然是炸排骨酥啦！

阳光温暖的午后，背上你的背包，带上你的爱犬一起去尽情感受这快乐轻松的午后时光吧！它总会陪伴我去菜市场挑选健康的蔬菜和水果，每一次它好像比我还要兴奋，难道它也想做菜？哈哈！我们都喜欢快乐的奔跑，用力的微笑，积极的生活！

享受生活不一定要花钱去表现，重要的是从身边的小事开始，懂得发现并创造生活的美！我每天都会带着我的爱犬散步，用心感受阳光洒在身上的温暖和快乐！试着去用心聆听这个美妙的世界吧，你也会像我一样快乐的嘴角上扬！

Charpter 3
风味主食提案

　　一直以来我都是把做菜当成一种享受，厨房就是我创意的空间，餐桌是摆放我引以为傲的美食的地方，所以不管是我一个人用餐，还是邀请朋友们来我家聚餐，我的内心无不感到幸福和满足！我很喜欢尝试不同地区的美食，这个单元的菜品汇集了Aven精心收集并挑选的风情美食，相信你一定有如临其境的感受！

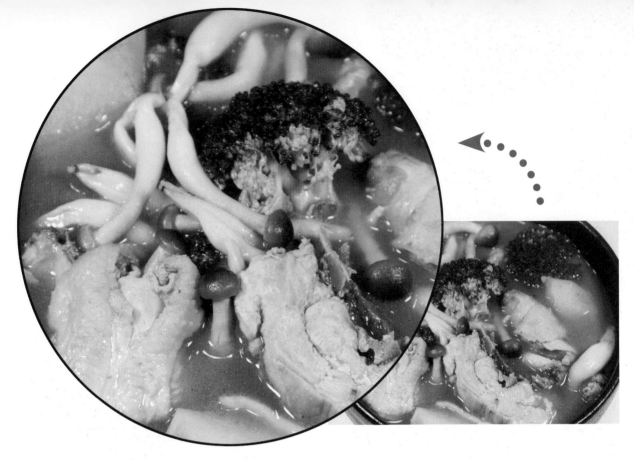

滋补麻油鸡

　　这是在台湾家家户户都会烹煮的一道菜，尤其是婆婆妈妈们更不在话下！这道菜对于女生做月子是非常好的食补餐，对于缓解男性疲劳也非常有效。

　　只身来到北京，有时候好想念麻油鸡的味道，那浓郁的麻油味完全被鸡肉吸收的口感十分细腻，让我至今念念不忘！而麻油鸡要想做得好吃，其最重要的材料就是米酒了，唯独米酒才能催生出麻油跟姜的香味，喝一口汤便深深地爱上它。但是北京没有卖台湾的米酒，这道菜又不能用其他的酒来代替，酒精醇度若太高太低都会影响整锅麻油鸡的口感，吃起来就没有鲜甜味了。有一天我用伏特加调鸡尾酒时突然灵机一动，因为伏特加的醇度跟米酒相近，但酒精浓度较高，想了半天不如做一回试试看，说不定还会创意出新版麻油鸡呢！

我第一次做所以在酒的比例上特别小心，这一次我只倒入整瓶伏特加的四分之一，烹煮过程却香味无比！伏特加酒完全没有抢走生姜与麻油的锋芒，而是齐心协力让麻油鸡变得香喷喷，瞬间满屋子的香气喔！我想整栋大楼都闻到了吧，光是味道就让人饥肠辘辘，浑然忘我。做人的确要低调，但做菜一定要高调才行！哈哈！原来麻油鸡+伏特加是如此的完美绝配，还好我有尝试，不然大家都不会知道这一道让人心醉神迷的进补佳肴啦！

主要食材：

鸡大腿两只（此部位的肉质比较鲜嫩），伏特加100毫升，姜一大块，麻油一碗，盐少许。

轻松DIY：

1. 鸡腿肉切块。鸡肉用滚水过一下以清除杂质。

2. 姜切厚片，锅烧热后把麻油倒入锅内并放入姜片爆香。记得要转小火慢慢爆。

3. 等到姜片变成金黄色，且有点变焦的时候马上把鸡肉放进锅里快炒，并且要转大火。切记你要不停地翻炒，这样才能把鸡肉和姜都炒出香味。

4. 之后倒入伏特加酒，可能锅中会起火，但不要怕，那是酒精在蒸发！

5. 拌炒一下后，加入800毫升的清水闷煮30分钟后，这道麻油鸡就完成了！

Aven爱心小贴士

　　冬天的时候，我最喜欢吃麻油鸡了，不管天寒地冻，哪怕是手脚冰冷，只要吃上一碗热腾腾的麻油鸡，以上问题很快就会消失不见，身体也会马上充满元气！

这么简单易做的一道菜，不但比外面餐厅做的好吃新鲜，还不会让你的荷包见底哦！

芝士焗大虾

　　我无法抗拒虾的鲜美，那结实的虾肉咬起来弹性十足，鲜香味也会一直在口中回荡，Aven认为有好东西一定要跟好朋友们分享，如果朋友来家里作客，他们一定会指名点这道菜来吃。我对他们的要求还真乐此不疲，每一次看朋友们吃得那么开心，Aven都超有成就感的喔！

主要食材：

新鲜大虾数只，蒜瓣3颗，奶酪少许，蛋黄两个，海盐一小匙，橄榄油一小匙，黑胡椒适量。

有时候吃晚餐时我也想来点不一样的餐点，配上白葡萄酒，更能为夜晚增添不少情趣。这一道菜也是我特别要推荐给男女生约会时必做的佳肴，一定会让你的他（她）对你刮目相看喔！这暖暖的幸福，就在空气中流荡，久久不肯散去。

轻松DIY：

1 将鲜虾从头部划一刀，特别注意要小心，不能划断！不然等一下做出来就变半只虾了，不但不好看还会影响口感！

2 把虾线都挑出来后抹上一点点海盐，然后加入蒜瓣、橄榄油和黑胡椒腌10分钟。

3 将奶酪刨成丝，再加入两颗蛋黄、盐、黑胡椒。

4 把整只虾裹上奶酪丝和蛋黄，一定要紧实地裹住虾，让它看起来非常饱满！因为只有这样在放进烤箱后虾肉才会自动卷起圆圈变得很漂亮！如果你家没有烤箱，也可以用平底锅来煎。只要加入一点点橄榄油，把虾两面煎成金黄色就可以了。

5 如果用烤箱请先预热到180℃，然后放进去烤8分钟左右就完成了。

Aven爱心小贴士

虾对我们的皮肤好处多多，虾肉含有丰富的蛋白质，是皮肤构造中不能缺乏的养份，它可以补充身体流失掉的蛋白质，并稳固胶原蛋白的增长，使皮肤平滑有弹性！

Aven爱心小贴士

这道大虾做法有很多种，可以做成蓝莓虾，或是做成甘贝虾，但我还是更喜欢Cheese锔大虾。一来简便，二来是并不需要太多的调味料盖过原本虾本身的鲜嫩。

做菜就像在玩耍，每天都会有新花招！也因为做菜，让Aven的生活更加缤纷精彩！

夏威夷猪肋条

想吃BBQ随时都可以做，而且一个人也可以吃到丰盛的BBQ，只要控制好量就行了！酱烧猪肋条我已经吃腻了，黑胡椒猪肋排也已经提不起我的兴趣，但这款夏威夷猪肋条就不一样！不仅好吃，Aven还添加了很多水果一起烘烤，那浓浓的果香使猪肋条吃起来味道极为鲜甜，而且不油腻。吃之前我会挤上柠檬汁或葡萄柚汁，烤得酥酥焦焦的猪肋条遇到这些果味，不狼吞虎咽都难啊！

主要食材：

猪小排250克，芒果干一包，苹果一个，菠萝半个，葡萄柚一个，蜂蜜一大匙，黄油一大匙，盐一小匙。

轻松DIY：

1 把猪肋条上下都抹上黄油，抹抹匀后再撒上盐备用。

2 把所有的水果都切成丁或按个人喜好切片后放在烤盘上。

3 在水果上淋上蜂蜜，之后把猪肋条放在水果上面。

4 烤箱预热到180℃后放入烤20分钟。由于在烤的过程中水果会释放出酸性和甜味，所以猪肋条会变得很鲜嫩！酥脆的排骨逐渐变成金黄色，那股果香味实在是难以用语言描述，总之你一定会疯狂地爱上它！

　　它的做法超级简单，仅仅20分钟你就可以享受那种仿佛置身在夏威夷的海边吃着香喷喷的BBQ的感觉了！不用坐飞机也可以吃到这口感一模一样的美味哦！

Aven美肤营养小叮咛

这道菜也可以称为美容餐哦，因为吃下它就等于吃下很多的维生素A和维生素C。水果淋上蜂蜜烤起来后果香四溢，热呼呼的别有一番风味呢！

肉丸子加了咖喱粉的内馅辣香无比，非常好吃喔！

彼得·梅尔在他的书中描绘了一幅令人无限向往的普罗旺斯的乡间生活，他在书里还提到了他吃的食物和做的菜。我也幻想着他吃每一道菜时的喜悦，虽然他从没有提及食谱，但我大概也能自己总结出来并模仿几分。最让我记忆深刻的是一道煎丸子配意大利面，他用此食物来犒赏自己把家里的烟囱清理干净的大工程，哈哈！Aven 告诉自己今后如果做了什么让自己赞赏的事情，也一定要做顿大餐来犒赏自己！我说的大餐不是大鱼大肉，只要是自己爱吃的食物就可以喔！

普罗旺斯的晚餐

肉丸子

主要食材：

猪绞肉500克，盐少许，黑胡椒少许，咖喱粉少许，橄榄油。

轻松DIY：

1. 先将猪绞肉再剁碎一点并加入盐、黑胡椒和咖喱粉搅拌均匀备用（如果你家有搅拌器那就更好了！把所有的材料都加入搅拌器搅拌一分钟就可以了！既省心又省事！）。
2. 平底锅中倒入一点点橄榄油，把调味好的绞肉撮成肉丸子再放入平底锅煎直至都变成金黄色捞出。

意大利面

主要食材：

橄榄油少许，鸡蛋两枚，黑胡椒粒少许，奶酪60克刨丝，香草粉、意式番茄酱、盐适量。

轻松DIY：

1 将意大利面放入滚开的热水中，煮8分钟后捞起放在另一个锅子里略微冷却。

2 在意面中加入蛋黄、盐、奶酪丝及橄榄油快速地搅拌均匀，之后放入香草粉、意式番茄酱，撒上黑胡椒粒即可。这就是一道地道的来自普罗旺斯的犒赏晚餐了哦！

Aven爱心小贴士

你可以选择你喜欢的意大利面款式！可以是传统的长面，也可以是有花样的。Aven今天选的是蝴蝶面！

Dearest:
AUPN... ...

　　这道主食组合通常是在我包水饺有剩余的肉馅时，把肉馅再剁碎些并加一些香料放入平底锅煎。我很喜欢看丸子慢慢变成金黄色的样子！但光吃丸子是不会饱的，我会配上意式蝴蝶面。很凑巧彼得也做过这道菜。虽然不尽相同，但用的材料都差不多。这道主食中我加入了很多黄油和奶酪丝，还加了一点点干的香草，一点点牛奶和意式番茄酱，所以这道面给了我无限惊喜！

　　浓浓的奶香味，配上香脆的肉丸子，奶油意面只要加上香草，顿时都会让人忘记自己置身何处。那香气只要品尝一口便有飘飘欲仙的感觉！Aven超级喜欢这道美食！

切记在减肥期间千万不要什么肉都不吃，

那样只会得到相反效果！

以前烹饪牛肉时我总是喜欢搭配蘑菇酱和黑胡椒酱，后来我才明白那样做是非常浪费的一件事，因为不但会破坏牛肉本身的口感，也吃不到牛肉的原汁原味。所以随着吃牛肉的方式越来越讲究，最重要的便是火候，掌握好火候可以让肉外酥内烂鲜嫩多汁，这样的牛肉吃起来才不像是在咬轮胎一样难以下咽。

如果你减肥已经减到面色靡黄、体虚，就赶紧吃块牛排吧！这道牛排餐的份量是150克，加上大量的蔬菜，根本不用考虑是否会让你发胖。牛肉本身就有滋润养颜的功效，偶尔想吃的话根本不会对肥胖造成影响啦！今天我们的午餐就来份岩烧牛排吧！

岩烧牛排

主要食材：

牛臀肉150克（这部分的肉不带肥肉，很适合减肥期间的需求），
海盐一小匙，黄油10克，橄榄油少许，蒜瓣适量，红酒适量。

轻松DIY：

1 牛肉先用海盐为它做一个"spa"——捏捏它，揉揉它，再用一些黄油裹在牛肉上静置10分钟。

2 蒜瓣切成片备用，平底锅烧热，一定要温度够热才可放牛肉进去煎！火候不够牛肉不嫩滑，吃起来就会感觉柴柴的。

3 当锅开始冒烟表示够热了，倒入橄榄油并放进牛肉。

4 持续开大火并且把蒜瓣放在牛肉的旁边一起煎，一面先煎一分钟后迅速换面煎，这时同样都是大火，直到另一面也煎过一分钟之后才可以转中

火。随后两面各再煎一分钟左右就可以了！

5 在准备起锅时可以快速滴入几滴红酒增加香气！我煎的是七分熟，刚刚好！

Aven美肤营养
小叮咛

牛肉含有蛋白质、维生素B$_1$、牛磺酸、氨基酸、尿酸，可以说是一种营养价值非常丰富的肉类。

奶油干贝烩时蔬

今天Aven与你分享跟牛肉一起食用的配菜——奶油干贝烩时蔬，滋味鲜美异常！牛排肉质嫩滑皮色油亮，可以让你今晚过得更加幸福浪漫喔！再搭配红酒可以说是无与伦比的组合。

主要食材：

生菜、菠菜，干贝30克，蒜瓣4片，牛油5克，芝麻油少许，盐少许。

轻松DIY：

1 锅中倒入400毫升的水烧滚后把生菜、菠菜、干贝全部用滚水烫熟，约两分钟的时间就可以了！

2 刚才平底锅的肉汁不要倒掉，重新开火把蒜瓣炒香，记住这时候一定要转小火才不会烧焦！

3 把蔬菜和干贝捞起，沥干水后放入一个可以同时搅拌的大碗，把刚刚爆香的肉汁与牛油迅速倒入碗里均匀搅拌，再滴上几滴芝麻油和盐增加香气和味道！

尤其去野餐时，一定要带上牛肉卷哦！
还有就是咖喱冷掉也会很好吃！

蔬菜咖喱五谷牛肉墨西哥卷

　　每个月我总会选择一天来煮上一锅咖喱，有时是辣咖喱、红咖喱、印度咖喱，我也喜欢偶尔做点果味咖喱。今天我为这道浓香的蔬菜咖喱配了墨西哥卷，更好玩的是我用了五谷杂粮米和牛肉丝，营养绝对满分！我喜欢把切好的牛肉卷裹上浓浓的咖喱后再送进我的嘴巴，这时，我简直什么话也说不出来，牛肉卷里的Cheese瞬间溶化，那股辣香味不停地在挑战我的舌尖。我的天啊！怎么会这么好吃！

五谷牛肉墨西哥卷　蔬菜咖喱

主要食材：

五谷杂粮米，牛肉，酱油，白砂糖，胡椒粉，盐、奶酪刨丝，番茄酱，黑胡椒，春卷皮。

轻松DIY：

1 用电饭锅将五谷杂粮米煮熟备用！

2 牛肉用酱油、白砂糖，黑胡椒腌10分钟后放入烤箱烤10分钟。没有烤箱的话也可以用平底锅把肉煎熟。

3 待牛肉晾凉后切成薄片放入煮好的饭里，这时候要加入奶酪丝、番茄酱，胡椒粉，少许盐，快速把饭搅拌均匀。因为加了奶酪丝，所以米粒会很香！

4 春卷皮摆平，把米饭铺平在上面同时开始卷，就像卷寿司一样。最后可以按照你的需要切成小卷！

主要食材：

洋葱、蘑菇、马铃薯、西兰花、胡萝卜、辣椒粉、黑胡椒粒少许，还有Aven最喜欢的咖喱！

轻松DIY：

1 锅烧热后倒入橄榄油，洋葱切块炒香。

2 将马铃薯、胡萝卜，蘑菇切块后，一起放进锅里炒。

3 加入600毫升左右的水，放入你喜欢的咖喱，煮滚之后转小火再煮10分钟就可以了。

4 最后放入西兰花。因为西兰花最易熟，所以要留到最后放，当然颜色也会比较好看。通常市售的咖喱都已经是调好味的，我只放入辣椒粉和黑胡椒粒即可。就这样，美味又健康的咖喱就完成了！

如果你喜欢吃鸡肉或猪肉，你都可以随意搭配！

Aven爱心小贴士

光这样吃就已经让你浑然忘我了。如果家里有烤箱，也可以将牛肉卷烤6分钟再吃，外皮将会变得更香酥，让内馅更紧密地结合哦！

一个人的晚餐并没有你想象的那样无趣，更不是
只有匆匆吃饱敷衍了事！我们可以精心为自己煮
一顿一个人的晚餐，细细品味它的精华。饱餐之
后可以来一杯红酒作为餐后饮品。不要小看一杯
红酒的魅力，它可是会为你的整个夜晚带来健康
和快乐的喔！也会让你一个人的晚餐变得很有情
调！

Charpter 4

共享欢乐套餐

　　这一系列的套餐，都是Aven为你精心设计的。无论是一个人吃，还是与你的他（她）一起享用，烹煮过程都仅需要30分钟就可以搞定。真的，这会让你感到出乎意外的快速和方便，而且统统由自己亲手挑选的新鲜食材和健康不易胖的橄榄油以及单纯调味不添加任何味精，为你一整天忙碌工作后的身体补充满满的元气。

　　如果你觉得下班都累到无力了哪来的力气去犒赏自己，那就真的错了！做菜就如同初尝禁果，你必定会爱上做菜为你带来的无限乐趣和满足，准备好了吗？快快洗好手跟着Aven一起开始！

韩国烧肉饭有两种吃法：一种是把油亮亮的烧肉片覆盖在米饭上，然后淋上烧肉酱汁，这是大家都很喜欢而且接受度较高的一种做法；另外一种是更均衡营养的吃法，就是将生菜包裹住韩国烧肉片。能够同时拥有两种口感，保证你一尝就会爱上！不管是哪一种吃法都别具一番风味喔！

　　韩国烧肉和酱辣汤真是绝配，让你彷佛置身首尔街头。还有还有喔，蒜香面包也可以同时蘸上浓郁的烧肉酱汁，那种甜甜咸咸的口感一定让你难以忘怀！更可以搭配Aven特制的蒜香酱，简直是无法说出口的美味，就等你一起细细品尝享用啦！这样的组合一定要亲手做才吃得香喔！

韩流烧肉＆酱辣汤＆有机蒜香面包＆新鲜生菜

韩流烧肉

主要食材：

有机五花肉50克，洋葱半颗，酱油一大匙，白砂糖一大匙，白芝麻少许，韩国辣酱一小匙，香油少许，黑胡椒粒一小匙，橄榄油。

轻松DIY：

1 平底锅烧热后加入一大匙橄榄油，待油热后将有机五花肉片放入锅内。加入洋葱丝一起拌炒，使五花肉上附着洋葱的甜味与香气。

2 闻到烧肉的香味后，放入酱油、韩国辣酱、白砂糖与黑胡椒粒大炒特炒约4分钟左右。

3 起锅前滴入香油和白芝麻一起搅拌均匀，可以增加烧肉的香气与亮泽度。

　　一盘美味的烧肉就这样出锅喽！

酱辣汤

主要食材：

虾2只，韩式泡菜10克，板豆腐10克，鸡蛋1枚打散，香菜少许，韩国辣酱一小匙。

轻松DIY：

汤锅倒水待烧滚后放入韩式泡菜、韩国辣酱、虾、板豆腐和鸡蛋，均匀搅拌后再用盐来调味即可完成。

当然也可以做成火锅，加入冰箱中的食材如豆卷、西红柿、丸子等，都可以让酱辣汤美味提升upup喔！

新鲜生菜

轻松DIY：

有机莴苣，高丽菜皆可。

其实这个很简单，只要把蔬菜洗净就可以了！也可以摆放得很有巧思，给自己带来一份好心情哦！

蒜香酱

主要食材：

大蒜50克，葱30克，橄榄油两大匙，盐一小匙，黑胡椒一小匙。

轻松DIY：

将全部的材料放入搅拌器内打成泥状即可完成。

Aven爱心小贴士

可随个人的口感调整，喜欢浓郁的汤头可斟酌加量！

Aven美肤营养小叮咛

最重要的是，吃烧肉要搭配五谷杂粮饭，五谷杂粮饭拥有丰富的膳食纤维，二者搭配吃才更健康还不会发胖喔！

70

你还在持续忍饥受饿的减肥吗？Aven要告诉你，营养不均衡的减肥法已经跟不上时尚潮流啦！减肥期间肉类的摄取显得非常重要，这样才能既不会饿坏身体，而且瘦得健康瘦得美丽。

现在Aven就要告诉你做出好吃的猪排料理的诀窍，新鲜的低脂猪排是一定要的，再就是煎猪排过程中平底锅一定要热，这样煎出来的猪排才会既漂亮又软嫩！另外一定要放上一片Cheese，这就是让猪排吃起来又香又不柴的秘诀所在！猪排料理不单单只能配米饭，也可以与汤面结合，真的有很多种组合吃法喔！你还可以选择吐司面包夹猪排，最好多加点生菜，但是切记色拉酱就要少一点！当然猪排更可以变成开胃料理，把猪排切丁做成清爽开胃的猪排色拉，根据自己的感觉和心情去做搭配，吃它的时候一定要大口大口地吃，享受咬下去那一瞬间的鲜嫩多汁！

嫩肤猪排&紫菜汤

嫩肤猪排

主要食材：

低脂有机猪排两块，胡椒粉少许，橄榄油，盐一小匙，新鲜柠檬半颗，Cheese片1片。

Aven美肤营养小叮咛

低油脂的猪排拥有丰富的蛋白质以及神奇的嫩肤效果，对正在减肥的你是最佳的选择。

轻松DIY：

1. 先将猪排用橄榄油和新鲜柠檬挤汁腌制10分钟左右，紧接着加入少许的盐和胡椒粉用以提味。

2. 平底锅先预热，加入少许橄榄油，将腌制后的猪排放入锅中煎，同时将火力转为大火，只有这样才可以把猪排最原始最鲜甜的肉汁紧紧锁住。在大火时要将猪排的两面分别各煎1分钟，再转为中火各煎3分钟，即可装盘！

3. 在两块猪排中夹入Cheese片，让它变成双层猪排餐，此时可以看到Cheese正在融化，口水都要流下来了！猪排还可以蘸不同的酱料以增加风味喔！例如色拉酱、蕃茄酱还有黑胡椒和海盐粒，味觉享受各不相同！

紫菜汤

主要食材：

紫菜1片，姜丝少许，胡萝卜丁少许，黄瓜丁少许，盐适量。

轻松DIY：

1. 将500克的水放入汤锅中煮沸，放入姜丝、胡萝卜丁和黄瓜丁同煮约1分钟左右。

2. 再将紫菜片切成条状放入汤中，用盐调味即可。当然如果今天的主餐不是肉排的话，你也可以选择加入排骨将其变成瘦身紫菜排骨汤，也能让一个人的晚餐更加暖意洋洋哦！

Aven爱心小贴士

你可以在米饭的选择上多花一点小心思，Aven这次选用的是胚芽米，胚芽米的营养成份要远远胜过白米饭。还可以洒上一些黑芝麻粒让胚芽米的香味更提升，当然多吃芝麻不但可补充头发的养分更可以滋阴补肾喔！

　　日本主妇经常以三文鱼加上一碗热热的味噌汤作为早餐，她们应该跟Aven一样都很会精打细算，并且个个都是注重营养健康的好管家。嫩煎的三文鱼加上少许的海盐与柠檬汁会让整个鱼肉更加鲜嫩，让你拥有元气满满的一天，如此幸福的味道，一早就被三文鱼的香气点燃了！

日式嫩煎三文鱼&味噌汤 &茶碗蒸

　　Aven在日本求学期间迷上的第一个料理就是三文鱼（鲑鱼）定食了，可能也是拜三文鱼丰富的高蛋白质和Ω−3脂肪酸所赐，让Aven在日本的求学过程中头脑更加清晰整个人也变得更聪明喔！当然三文鱼对心脏血管也有很大的益处，让你在享受美食的同时更拥有了健康。记得Aven在日本时最爱的就是晚上八点半到生鲜超市捡便宜了，哈哈！这个时段很多东西都会以半价出售，不但价格ok，而且新鲜度一样能保证！这是单身在外的你最精明的选择，看紧了荷包又赚到了健康。

　　另外发明蒸蛋的人真的是太伟大了！Aven的蒸蛋是从爷爷那里学来的，爷爷的做法很简单，就是将鸡蛋加水、盐和酱油后放入电饭锅中蒸20分钟就完成了，完全不用任何技巧也很好吃，这种简单的温暖就跟爷爷给Aven的拥抱一样，很温馨！

　　当然这次Aven也会教你属于自己的温暖的茶碗蒸。Aven最喜欢的就是一口饭一口蒸蛋，或是把蒸蛋拌在碗里大口大口地扒饭吃，那种感觉最过瘾了！如此美味加营养而且便利，轻而易举一份定食就做好了！

日式嫩煎三文鱼

主要食材：

三文鱼1块，新鲜柠檬半颗，橄榄油少许，盐适量。

轻松DIY：

1. 将三文鱼抹上盐放置3分钟，这样可使鱼肉变得更结实并且顺便去除腥味。

2. 平底锅中倒入少量的橄榄油烧热，放入三文鱼后每一面分别煎4分钟左右（千万不要煎过头，不然肉质就会变紧），这样就可以出锅装盘了。

3. 切一块新鲜柠檬，在食用时可以斟酌挤汁使用。

Aven爱心小贴士

生鲜超市有卖处理好的三文鱼，可以依照自己的饥饿程度挑选鱼肉大小。三文鱼的腹部是整条鱼里最精华的部分，但是也相对价钱更昂贵。

味噌汤

主要食材：

黄味噌一大匙，豆腐10克，海带5克，胡萝卜丁少许，葱花少许。

轻松DIY：

1. 在汤锅中加入500克水和一大匙黄味噌，一开火即开始搅动味噌这样可使它不沾锅，直到水滚。

2. 待水完全滚后加入豆腐、海带及胡萝卜丁，若要使味噌汤的颜色更漂亮可加入少许的酱油增加色泽，这样约煮3分钟就可以完成一份有妈妈味道的味噌汤了。

3. 最后可依据个人口味加点葱花来提味。

Aven爱心小贴士

日本人说的不老汤，是在日本每位妈妈都会做自己拿手的味噌汤，所以味噌汤也叫做母亲的汤！

想要更多滋味的味噌汤，你也可以加入柴鱼片增加风味，可以使你做的味噌汤美味又养身！

茶碗蒸

主要食材：

鸡蛋两枚，盐少许，香菇粉少许，香菇1朵，蟹肉棒2条。

轻松DIY：

1 将鸡蛋打入碗中加入热开水，加热开水的目的是为了让茶碗蒸蒸得更加漂亮。热开水加到八分满后将鸡蛋充分与热水打散，再加入少许盐与香菇粉进行调味，之后盖上保鲜膜即可下锅蒸了。

2 如果你觉得蒸笼太麻烦，可在炒锅中加入一碗水把调味好的蛋汁放进去盖上锅盖即可。蒸煮时间约4分钟左右，此时打开锅盖你就可以发现鸡蛋都凝固了。

3 接着去除保鲜膜加入香菇与蟹肉棒，继续蒸煮3分钟即可出锅。相信你看到茶碗蒸都会忍不住感叹真的很漂亮！加上香菇粉是为了取代味精使得味道更加鲜美。

Aven爱心小贴士

要更有置身日本的感觉那么紫薯饭必然是首选了，紫薯可以补血，给女孩子们带来满满的活力！将米洗净把紫薯切块加入电饭锅中，再加水把电饭锅的煮饭功能打开就万事OK啦！是不是真的很简单易学呢！

为生活注入新鲜的养分和不一样的改变！快乐，我从不曾抗拒你的魅力！

跟着Aven一起，拿
出你的热情大胆地炸虾
吧！

炸虾定食总是能菜登日式餐厅菜单中最昂贵的菜品栏，每每到餐厅吃炸虾总会觉得吃得不过瘾，相信你也跟Aven有同样的感觉吧！如果吃到的炸虾不是现炸的，而是店家从冰库中拿出来的冷冻食品，那真的是万分沮丧。现在Aven就要让你向外面餐厅说一声"Sorry"啦！自己在家动手做的成本可以让你吃到更多更爽快的炸虾，而且只只新鲜。还记得Aven第一次做的时候把虾子炸到焦黑了，但也是这样的经历才练就了Aven现在一身的好本领！

想象一下，那又香又酥又脆的外皮，咬一口喀滋喀滋的声音！想要正宗的日式吃法加点色拉酱也无妨，还可以蘸点番茄酱美味也无法挡，反正你想怎么吃就怎么吃，在家里吃饭就是有这个特权哦！

黄金炸虾&紫菜豆皮汤

黄金炸虾

主要食材：

大虾5只，鸡蛋1枚，胡椒粉少许，盐少许，玉米粉10克，炸虾面包粉少许，色拉油。

轻松DIY：

1　虾洗净，剥壳，去沙线，头部和尾部都要保留，这样炸出来的虾才会漂亮。

2　鸡蛋在碗中打散后加入一点盐和胡椒粉，接着放一点玉米粉，搅拌均匀成糊状，如果太稀可根据情况多加入一点玉米粉。

3　大虾要先蘸调好的玉米粉后再蘸面包粉，在蘸的时候一定要充分包裹均匀哦！

4　约350克色拉油倒入锅中烧热，先用筷子试下油温，如果筷子放进油锅有起泡现象，就表示我们可以炸虾了。

5 把虾一条条慢慢地放入油锅中，刚放下去时一定不要先搅动它，不然辛辛苦苦蘸的面衣会脱落哦！

6 炸虾的时间约7分钟，所以切记千万不要超过这时间，不然原本美味又美观的大虾可是会烧焦的，那样就不好看了！

紫菜豆皮汤

主要食材：

紫菜1片，豆皮切丝，香油少许，盐少许。

轻松DIY：

先将350克的水放入锅中煮沸后加入紫菜与豆皮丝，再滴少许香油，加盐调味即可。

　　炸虾定食完成了，记得在香Q的米饭上洒上一点黑芝麻，另外准备一瓶红汁来当作蘸酱，可以让这份完美的炸虾定食再添美味喔！偷偷告诉你照片上只有四只炸虾，是因为Aven做完后忍不住偷吃了一只，哈哈！自己动手做，乐趣真多呀！

Aven爱心小贴士

汤的配料都可以跟据你的个人口味与你冰箱内现有的食材做各种变化喔！

正宗台湾卤肉饭

　　台湾的小吃总是让人们眼花缭乱，其中最著名的当然非卤肉饭莫属！今天我做的就是正宗的台式卤肉饭哦！对于卤肉饭Aven研究了好久，并且一直在努力地做改良，想尽办法就是要卤出一份古早味，为此也请教了身边许多长辈。在台湾凡是吃到好吃的卤肉饭店家，Aven定会前去请教，甚至精细到五花肉的切法，回到家里更会细心回味它的味道，才有了今天这份改进后要呈现给你的正宗台湾卤肉饭哦！

　　随着社会的进步，卤肉饭的配汤也有了很多选择，如贡丸汤、肉羹汤或海带排骨汤等，吃了那么久，Aven觉得肉羹汤与卤肉饭搭配在一起是最绝配的！肉羹汤还可以加点油面或米粉，又变成了另一道台湾当地小吃——肉羹面。这也是Aven的最爱，加一点点香醋和辣椒酱，这碗面简直迷死人了！我上学时最爱来一碗卤肉饭加一碗肉羹汤，哈哈！当然还要点上一盘烫青菜和卤豆腐，入味到不行！还有啊，多吃豆腐可以补充我们身体的钙质喔！

卤肉饭小故事：

　　曾经有户穷苦人家，一家有好几口人，聪明的妈妈把一块肉切成小丁，之后放进酱油水中一起卤制，这样一来一家人都可以用这一锅卤肉拌饭吃了，还可以吃到小块的五花肉，卤肉饭由此得名。

卤肉饭

主要食材：

有机五花肉1000克，橄榄油油葱酥5克，鸡蛋5枚，豆腐1块，白砂糖一大匙，酱油一杯，橄榄油，八角3颗，香菇粉一大匙，胡椒粉适量。

轻松DIY：

1. 将有机五花肉切成小块。

2. 放入少许橄榄油在锅内，等锅热后再把五花肉放入并翻炒成金黄色。再放入约5克的油葱酥，切记这时要转小火拌炒，不要让油葱酥烧焦，不然整锅的卤肉都会变得有点苦，且破坏了口感。

3. 略炒一下后加入酱油用以染色，一加酱油整个香味就都释放出来了。接着放一小匙胡椒粉，之后把炒好的肉移到汤锅中，要开始卤肉了。在砂锅中倒入水后再加入白砂糖，我们就可以开火炖煮了。

4. 接着开始卤蛋，先将鸡蛋全部放入汤锅，加水覆盖过蛋的表面。

5. 之后将光溜溜的鸡蛋放入卤肉锅中卤制两小时！记住，一旦水烧滚了就可以转小火让它慢慢地卤，此时可以放进3颗八角，并盖上锅盖。

6. 一小时后再把整块豆腐放入锅中一起卤，香喷喷、油汪汪的卤肉就快完成了！最后撒上香菇粉。做人要低调但做菜一定要高调，邻居闻到这香味都羡慕得不得了！

7. 你可以用这一锅卤肉拌饭吃了。

Aven爱心小贴士：

　　油葱酥在超市都有卖，酱油可以选择金兰酱油或四季酱油。

Aven要趁机教你一点小诀窍：此时放一点盐，剥鸡蛋壳时会变得非常容易喔！水煮蛋差不多10分钟就可以了，先放冷水让鸡蛋降温，之后会有助你剥蛋壳。

Aven爱心小贴士

可以一次多卤制一些放进冰箱。想吃随时拿出来放入微波炉热一下，不仅可以拌饭、拌面，也可以拌青菜，真的很方便。另外，它还是阳春面最好的调味料，让你吃起来不再单调！

肉羹条

主要食材：

瘦肉500克，地瓜粉一碗，胡椒粉一匙，盐一小匙，白砂糖一小匙。

轻松DIY：

1　瘦肉切成长条。

2　加入酱油、盐、白砂糖腌制5分钟左右。

3　油锅烧热，准备半锅的油量。

4　将腌好的肉裹上地瓜粉再炸3分钟就完成了。

肉羹汤

主要食材：

香菇3朵，竹笋100克，胡萝卜丝5克，木耳5克，香菜少许，香油少许，橄榄油，玉米粉一大匙，油葱酥一大匙。

轻松DIY：

1 将香菇和木耳分别泡软后切成丝。

2 汤锅中加入一点橄榄油，放入香菇、竹笋丝、胡萝卜丝及木耳丝爆香。

3 香味一出即可加入600克的清水，等水滚后放入油葱酥。玉米粉用水混合搅拌均匀，倒入锅内勾芡，最后加入炸好的肉条就完成了。

Aven爱心小贴士

　　肉羹条需要炸，可以炸多一点放凉后装进保鲜袋保鲜，在吃火锅或煮面时都可以拿出来享用！

如果你也跟Aven一样热爱吃辛辣的美食，那么这一道墨西哥风味猪排烧你一定要亲自学会，更要用心细细品尝。用大蒜及辣椒粉腌制的猪排搭配墨西哥酱非常入味。为了搭配墨西哥辣猪排，Aven特地挑选了意大利面，因为意大利面结合墨西哥酱的配搭会碰撞出意想不到的好滋味喔！

让Aven再告诉你一个小诀窍：

炖煮蘑菇浓汤时加入一些奶油可以完全提炼出汤汁的浓郁与香气。有趣简单的做法可以解除油腻的口感，这道菜可以搭配白葡萄酒，让你的周末晚餐更加缤纷诱人哦！

墨西哥辣猪排&奶油蘑菇浓汤

墨西哥辣猪排

主要食材：

有机猪排1块，盐少许，辣椒粉适量，橄榄油适量，墨西哥辣酱。

轻松DIY：

1　猪排用盐、辣椒粉和橄榄油腌制10分钟。
2　平底锅烧热后加入橄榄油便可放猪排入锅煎。
3　将猪排表面煎到金黄色并有点焦焦的感觉时，淋上墨西哥辣酱继续煎1分钟即可完成。

奶油蘑菇浓汤

主要食材：

奶油适量，蘑菇3朵，胡萝卜片，黄油一块，黑胡椒适量及洋葱粒适量。

轻松DIY：

1 将蘑菇切成片。

2 小汤锅注入600毫升的水。加入黄油和奶油（如果没有，也可以加入奶粉）。

3 把切成片的蘑菇放入锅中后接着放入胡萝卜片。

4 不停搅拌，随即再加入黑胡椒、盐、洋葱粒继续搅拌后，香浓的汤就可以上桌了！

Aven爱心小贴士

辛辣的口味配上清爽的意大利面，真的会让你有种置身南美的感觉！开心地吃吧，营养又不易发胖的美食等着你享用，况且自己DIY的乐趣是去多少家餐厅都无法体会到的啊！

　　节日的大餐、失恋时的大餐、幸福的大餐、放纵的大餐……有时候，我也会做一些大餐来犒赏自己哦！

Aven非常喜欢吃炸鸡，虽然吃炸鸡会发胖，但偶尔吃一次也是没有关系的！人生嘛就是要多体验不同的美食，我就不相信谁没有吃过炸鸡！今天我做的炸鸡吃一次保证你会上瘾，炸鸡加柠檬香，好吃得连手指都快要咬掉了！我要肯定地告诉你绝对不会比外面卖的差，而是好吃有10倍以上！又香又脆，又没有使用回锅油，当然吃起来会更安心啊！

来吧，疯狂地吃吧！不要给自己太大的压力，人生就是要品尝不同的食物滋味才觉得幸福啊，除非你是一位素食主义者，不然千万不要放弃这道看了就会让人心潮澎湃的美食！

美式沙沙意面&
柠香脆皮炸鸡&红酒

柠香脆皮炸鸡

主要食材：

鸡翅10只，鸡蛋两枚，面粉10克，牛奶100毫升，压碎后的玉米片10克，盐、胡椒粉适量、柠檬汁少许。

轻松DIY：

1. 把鸡蛋、面粉、牛奶、盐和胡椒粉用一个大碗搅拌均匀，这就是炸鸡要用的面衣！

2. 将鸡翅全部放入面衣糊中翻滚后静置10分钟，然后把油锅烧热。

3 最后把鸡翅裹上碎玉米脆片再下锅炸7分钟左右就完成了！

Aven爱心小贴士

在吃的时候淋上新鲜的柠檬汁就更棒了！又脆又酥的鸡肉搭配清香的柠檬，味道真的是好正点啦！

美式沙沙意面

主要食材：

意式长面一人份，蘑菇，蛋黄两颗，奶酪随意（我喜欢多放一点，这样味道更浓郁），牛绞肉20克，沙沙酱一大匙（番茄酱的一种，超市都有卖，味道酸甜辣），罗勒少许，洋葱切小丁，胡椒粉少许，盐少许，黄油一大匙，橄榄油一大匙。

轻松DIY：

1 滚水中放入意面，煮8分钟后捞出静置。

2 将两颗蛋黄、盐、黑胡椒粉、奶酪和橄榄油搅拌均匀备用。

3 将平底锅烧热放入黄油、洋葱丁、牛绞肉，加入半碗水和两大匙番茄酱，沙沙酱也加进去一起拌炒，最后把少许的罗勒和胡椒粉一起加入调味，之后浇在煮好的意大利面上就ＯＫ了！

我爱逛菜市场和超市，在那里我能找到快乐的源泉。就像女孩子爱逛街买衫一样。那里可以让我们发现美并创造美！我通常都会选择有机食品，因为它们在生产和加工过程中严格遵循标准，拒绝化学添加物。到有机食品商店选择健康又卫生的食物吧！

Charpter 5

创意爱心便当，
巧思生活营养足！

　　你有多久没带过便当了？当我怀念便当的时候，我都会去台北车站买铁路便当来享用。吃便当也要看环境，如果说买回来吃，就一点情趣都没有了。如果你可以自己做便当，那你一定可以体会其中的乐趣，这也是爱生活的一种表现。

　　说起便当真的是日本主妇们的拿手料理，看着那些超级可爱又充满奇思妙想的创意便当，仿佛能体会到小孩子心中的快乐！做便当不仅是一种创意和一份生活感悟，更是健康饮食和营养的最佳表现。如果你常带便当到公司，你一定会很受欢迎的，任何人只要看到某人亲自做便当一定会羡慕不已，包括妈妈做的便当也是如此哦！

回味鳗鱼便当

　　如果收到朋友为你做的一份鳗鱼便当，你应该很开心吧！或是为自己心爱的他（她）及家人做一份充满爱的鳗鱼便当，会使他们觉得幸福吧！Aven今天教你做的鳗鱼饭，可是满溢着我的热情慢慢烤出来的喔！所以请你一定要用心学喽！

做鳗鱼饭心要很细，因为鳗鱼很软，如果拿不好一滑手，鳗鱼肯定会烂掉！所以在处理鳗鱼时一定要特别小心。

鳗鱼经由慢烤，会慢慢把油脂逼出来，看上去油汪汪、油亮亮的！在做这道菜的时候，Aven可是一边刷酱慢烤一边狂流口水呢！哈哈！

鳗鱼肉鲜滑软嫩刺较少，烤好的鳗鱼拿来拌饭或做便当简直就是人间最棒的美食了！我太爱烤鳗鱼了，它也可以切块做成寿司或手卷！

主要食材：

新鲜的鳗鱼一份，烤鳗鱼酱适量，酱油两大匙，蜂蜜一茶匙，红糖一小匙，花生油一小匙，蒜泥一小匙，白芝麻一大匙，海苔。

Aven爱心小贴士
如果身体比较虚弱的朋友，多吃鳗鱼会变得很有元气，而且还有滋补养颜的功效！

轻松DIY：

1 将鳗鱼与所有配料混合放置20分钟。

2 将烤箱先预热到180℃，然后将鳗鱼刷上烤鳗鱼酱送入烤箱烤制3分钟。

3 每隔3分钟你都要补刷酱一次，然后大约再烤制15分钟就可以了！

4 要记得在烤好的鳗鱼上撒上一点点白芝麻和海苔哦！

Aven爱心小贴士
最好是一口鳗鱼配一口米饭吃，还可以把鳗鱼弄散加一枚生鸡蛋拌饭一起吃，这是比较豪爽的吃法啦！这两种吃法都是Aven很喜欢的喔！你也可以都尝试看看哪种更喜欢！

如果有人吃过你做的这道料理,他(她)一定会对你念念不忘、百依百顺!

引诱蛋包饭便当

加入了爱心的蛋包饭,更是一份窝心的礼物。日本的男生女生不知道为什么对蛋包饭如此拿手,好像天生就拥有这项绝技。

你知道吗，蛋包饭可是分几分熟的，有的是五分熟黏乎乎的，但这不能做成便当，要现做现吃。我做的是八分熟，松软刚好，包起饭来蛋也不会破，色泽也比较漂亮。刚才说的五分熟的也不错，有一种蛋汁拌饭的感觉，口感完全不同，但只要你学会这道简单的蛋包饭，喂饱自己绝对不是难事，还会变成万人迷哦！做法快速简便又营养，你怎么可以不爱上它？！

主要食材：

橄榄油，鸡蛋3枚，番茄酱，玉米粉一小匙，胡椒粉、盐适量。

轻松DIY：

1 打入3枚鸡蛋在大碗里，加上一小匙玉米粉、一小匙盐和一小匙胡椒粉，搅拌均匀。

2 使用平底锅来烘蛋，平底锅烧热加入橄榄油，一定要等到锅热油热才能把蛋液倒入平底锅上烘。

3 差不多蛋快要凝固时马上关火，把蛋盖在白米饭上，淋上番茄酱就大功告成了！

Aven爱心小贴士

为什么会说是烘蛋呢！只要你火够大油够热，蛋才会迅速膨胀，所以要一直转动锅子。

如果想让蛋包饭更加美味更加有层次，你可以把饭炒过再做：洋葱切丁下锅爆香加入白米饭，再放入盐、胡椒粉用大火炒一分钟后放入一片cheasee拌一拌，这样再加上蛋皮覆盖，风味更升级！你一定要马上动手做做看，不然你永远无法体会蛋包饭的魅力所在！

激情寿司便当

　　做寿司非常好玩，充满了创意。之前因为看过一部《酱太寿司》的卡通片让我有点冲动想去日本料理店打工。Aven非常喜爱这种营养丰富、低脂肪、低热量却天然健康的饮食。清淡的饮食也为肌肤的健康提供了保证。

　　寿司可以做荤的当然也可以做素的，所以这道激情便当会让你的另一半吃得很过瘾哦！口味你可以自由选择搭配，它真的就像手工艺一样，把你的情意传达给身边的每一个人。

主要食材：

泰国香米，色拉酱，白砂糖，白醋，白芝麻，蟹棒，胡萝卜，肉松，鸡蛋等。

轻松DIY

1　选泰国米或寿司米,煮熟时待微凉,再用白砂糖和白醋来搅拌。

2　将一碗上等的白醋，加上少许的白砂糖再加上白芝麻用小锅略煮。

3　之后把白芝麻过滤掉,待糖醋汁晾凉,再倒在已经煮好的米粒上,一定要拌均匀,把米饭都拌松软!

4　至于你要包什么都可以，依照你自己的口味来做变化，蟹棒肉、胡萝卜条、肉松、蛋卷，以及一些腌菜都可以卷寿司。你也可以做成水果卷，但卷成后都要抹上色拉酱,这样吃起来才对味!而且卷的同时也会比较紧实。

澎湃手握寿司便当

我们双手的温度可以暖人心，也可以使人开心，这道菜就是要我们用温暖的双手制造幸福的饭团！相信小时候你肯定玩过丢沙包的游戏吧？可以单手丢也可以双手丢，那一丢一握其实可以代表握寿司的诀窍。这道便当是Aven经常做的菜，尤其是去朋友家做客时带上它，大家一起喝啤酒，其乐无穷！

我很"贪心"，喜欢一次品尝到许多种不同的味道，如果你喜欢吃鱼生，喜欢被芥末呛得"晕头转向"，这道便当是你一定要学的！

主要食材：

鲜虾，三文鱼，肉松，白砂糖，白醋。

轻松DIY：

1 煮一锅白米饭，放入白砂糖和白醋，寿司米饭的做法可参考上一道寿司便当，做法是一样的。

2 将米饭用手握成你想要的大小，当然在形状上是没有任何规定的，按照你自己的喜好即可。切记握寿司时一定要把米饭握扎实才不会松散！

3 在手握的米饭上铺上鲜虾、三文鱼。记得最后铺上一层肉松。

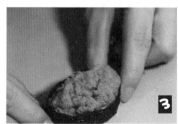

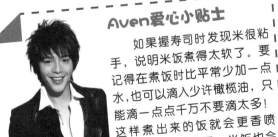

Aven爱心小贴士

如果握寿司时发现米很粘手，说明米饭煮得太软了。要记得在煮饭时比平常少加一点水，也可以滴入少许橄榄油，只能滴一点点千万不要滴太多！这样煮出来的饭就会更香喷喷。即使不做寿司，米饭也会很好吃哦！

将大大的爱心通过美美的食材装入这小小的便当盒，那种
神奇的幸福感无法言喻！
在这盒爱的便当里充满了你独有的味道，是这世界上独一
无二的专属爱情美食！
一盒看似普通的便当却比电影剧情更真实感人，也胜过烛
光晚餐的浪漫温馨！

爱一个人不是每天对他（她）说我爱你，而是用心地为他（她）煮一顿饭，精心地学一道菜，并不远万里传递到他（她）的手心里！不要再犹豫了，快来为你心爱的他（她）做一个美味的爱心便当吧！

Charpter 6

窝心甜品

　　每天早上醒来时，Aven都会对着镜子告诉自己，我过得很幸福很快乐，要开心、满足！但是人生不一定每一件事都让你称心如意，难免还是会有失落的时候，每当这些琐事来侵扰我的时候，我就会躲进厨房好好冷静一下。厨房就好像是我的避风港，又好像是我心灵祷告的地方，它更是自我满足的空间。

约克夏烤布丁

　　我喜欢静静坐在烤箱面前，看着布丁慢慢地膨胀起来，那种感觉就好像是一种蜕变一样。原本只是一碗面糊，经过温度加热后却不断地澎湃，心里有一种莫名的喜悦！这是一份真材实料的美味布丁，它让我回忆起当初小孩时的我每每吃到嘴边都是布丁花，还是欲罢不能的不停摆动我的汤匙。到现在长大后，我还是喜欢吃布丁！

布丁在英国是一道常常出现在餐桌上的甜点，英国人不说你要来一份dessert吗？他们会说你要来一份pudding当饭后甜点吗？可见布丁在英国的身价有多高。布丁的做法有很多：咸布丁、甜布丁、焦糖布丁、奶油布丁……但不管有多少种类，你只要学会一道的做法，就可以创意出很多你自己喜欢的风格和口味。而这一道甜品也可以迅速完成，如果你的朋友突然到访，可以当下午茶的点心一起品尝。

今天我做的是烤布丁，如果你要吃冰凉过的，可以等布丁冷却后将它放入冰箱。冰过的布丁我通常喜欢在夏天的时候吃，烤布丁我则喜欢在冬天吃。还有我要告诉你，烤布丁也可以放入热狗肠一起烤，那就变成咸布丁喽！只要烤完布丁再撒上一些焦糖在上面，再放入烤箱多烤个一分钟左右，焦糖就会瞬间溶化在布丁上面了。

主要食材：

牛奶300毫升，面粉100克，鸡蛋3枚打散，橄榄油一小匙，红糖10克。

轻松DIY：

1　把所有的材料搅拌均匀后放置5分钟，让它的气泡消失！
2　把烤箱预热到180℃后放进去烤20分钟就完成了！

够简单吧！烤完的布丁等冷却之后你可以在上面加上奶油或你喜欢的水果，比如葡萄干！

Aven美肤营养小叮咛：

多吃葡萄干对身体非常有好处。葡萄干含大量的铁、钙、葡萄糖和多种维生素，还有多种人体所需要的氨基酸，常吃可以补血,让气色红润！

蓝莓之夜

　　这道点心滋味酸酸甜甜还吃不胖！蓝莓富含维生素C、果胶、花青素等身体所必需的营养元素，所以我特别喜欢！今天Aven做的这道蓝莓布丁，不管热吃还是冷吃都是非常可口喔！

主要食材：

蓝莓100克，牛奶200毫升，鸡蛋两枚，玉米粉80克，白砂糖适量，蜂蜜适量。

轻松DIY：

1　将牛奶倒入一个大碗里，放入玉米粉、蜂蜜，之后打入鸡蛋搅拌均匀后静置10分钟。

2　将烤箱预热到180℃，将碗中材料倒入可以烘烤的容器中，放进烤箱烤15分钟后取出。

3　准备小汤锅把蓝莓和白砂糖放入，然后开小火慢煮。但记得要不时地搅拌，不然它很容易就会糊掉！

4　煮好的蓝莓酱放冷后淋在布丁上就完成了。

Aven爱心小贴士

　　你可以放冰箱冷藏室冰一下再享用，当然也可以温热时吃，随你喜欢啦！

偷心情人

　　心情不好时该做些什么美食来缓解呢？有了，巧克力！很多失恋的朋友都喜欢吃巧克力来"报复"自己、"折磨"自己，少量的巧克力的确可以为你带来欢愉，但吃多了，你一定知道你的好身材将会出现变化，所以我才说女孩子最喜欢折磨自己！但巧克力又像情人一样给你无限的滋润，如果巧克力是男朋友送的话，那更会令你陶醉不已。巧克力就像偷心的情人一样，随时随地让人充满了惊喜和甜蜜。

　　黑巧克力的苦会诱出草莓的香和甜，但又不会破坏食材原本的独特性，所以它们两个非常相配，真像是一对偷心情人！可以分开吃也可以结合在一起吃，所以吃起来的口感非常不一样。

　　咬下一口黑巧克力马上被草莓溶化，前味是苦中带甜后味是甜酸带苦，滋味巧妙潜移默化，你一定要学会这道甜品。自己吃也好，为朋友庆生也好，都是很好的选择！

主要食材：

黑巧克力30克，新鲜草莓20颗。

轻松DIY：

1　草莓洗净晾干备用！

2　准备一个铁丝网,类似烤箱的烤网也可以！

3　把黑巧克力削成片放入容器中。

4　烧一锅水把巧克力连碗放入，隔碗加热！记住火一定要大，并且锅中的水不能超过巧克力碗,慢慢地巧克力就会溶化，整个过程都不能沾到水！

5　把草莓整颗放入巧克力锅中，记住只放入1/2以后就要放在铁网上等待冷却。这道偷心情人就完成了！

Aven营养美肤小叮咛

草莓肉质纯白、多汁，草莓含有柠檬酸、苹果酸、水杨酸和氨基酸，还有多种维生素，所以很多保养品都把草莓当成圣果一样，粹取草莓的精华成分制成保养品。

Aven爱心小贴士

　　你也可以加入一点点枫糖来提味！还可以搭配白葡萄酒食用，那可真是享受到淋漓尽致！

蜜月甜心

　　Aven今天与你分享的这一款吐司是水果口味的，吐司上有我最喜欢的蓝莓酱，还有新鲜的水果，我还特意加了一点点炼乳在面包上。吐司烤过之后加上炼乳味道会马上加分，如果再加上自己喜欢的配料那更可以得到大满分。作为早餐或下午茶，都是不错的餐点选择，最重要的是它做法容易又方便！咬上一口，那味道会让你彷佛在度蜜月一样的幸福！虽然我没有度过蜜月，但我想尝试过后也就不难明白蜜月里的那种幸福了吧！

我有一阵子疯狂地迷恋上了厚片吐司。说起来这个缘故不得不说台北的红茶店，在遍布台湾的泡沫红茶店中，除了种类繁多的饮品外，还有各式茶点，比如烧卖、凤爪、萝卜糕等，如果非要说一样，我最难忘的就是厚片吐司！越厚越好，烤出来才会够香够好吃。依照不同的店家和不同的服务，各家烤出来的吐司都会有不同的味道。

在热吐司上裹上你想要的口味，如奶油、草莓酱、花生酱、蓝莓酱等，光看到就会让我猛吞口水，再配上一杯泡沫绿茶，可以让我乐到不行！所以我一定要分享这道我很喜欢的甜品给大家，这是一款可以让你吃饱的点心，也让你在制作的同时感觉到很有乐趣！更重要的是一定要自己在家亲自做才能够享受得到喔！

主要食材：

吐司（不要买切片的要买一整条的），蓝莓酱、炼乳、香蕉、草莓。

轻松DIY：

1 以上的材料都可以根据自己的口味来做配搭,但切记一点就是吐司要切厚一点!

2 将吐司放进烤箱烤5分钟，温度在200℃是最完美的！但一定是要先预热到200℃以后再放进去烤喔！

3 吐司的厚度切成8厘米左右最适宜，在烤好的吐司上淋上一层炼乳，再裹上厚厚的蓝莓酱。

4 最后依据你个人的喜好放上水果比如香蕉和草莓。嗯，就是这么轻松简单就完成蜜月甜心咯！

Aven爱心小贴士
请再记住一件重要的事情——不要把它当成宵夜来吃，这是唯一禁止的吃法！

可以把想吃的水果切成小块，用袋子装起来冷冻，这样随时都有新鲜的冰淇淋吃了哦！还可以依照自己的口味作调整，反正都是水果怎么吃都不会胖！

一次在一位朋友家里作客，她说要做冰淇淋给我吃，我不解地说哪有现做现吃的冰淇淋，不是一定要冷冻过后才能吃吗？我想等她做完可以吃到应该是明天的事了吧！我有点半信半疑，没想到她竟然真的很快速的就完成了一道冰淇淋，而且还是水果味的！

朋友选择的材料是冰苹果切块，加入冰的酸奶，然后放入搅拌器搅拌！我当场有点吓傻了！那些牛奶、鸡蛋、玉米粉的原料呢？竟然可以不加这些材料就完成一道好吃的冰淇淋！自打那次以后，我都一直做这样的冰淇淋给自己和好朋友们吃！我只能说真的是又快又好吃！

巧克力香蕉冰淇淋

主要食材：

香蕉一根，酸奶一瓶，黑巧克力一片。

轻松DIY：

1 先把香蕉切小块，越小越好。然后放入冰箱冷冻室冷冻约一个小时！

2 把冰过的香蕉、黑巧克力和冰的酸奶一起放入搅拌器，搅拌两分钟！

3 两分钟后，你会看到它神奇地变成了冰淇淋！无添加色素，就是那么原汁原味！

Aven爱心小贴士
如果搅拌后还是有一点稀，那表明你冷冻的时间太短了！

小心点

　　平时，Aven不太爱吃零食，但这"小心点"可是我的最爱！它不但可爱而且好吃，新鲜漂亮的草莓更是令你食指大动！材料很简单，随意搭配就可以了！Aven发现不论面包还是饼干，只要与酸奶沾上边都会变得很好吃，本来无味的饼干顿时变得可口，简直是无与伦比的零食伴侣！

主要食材：

饼干、新鲜草莓、酸奶。

轻松DIY：

简单得不能再简单！
在饼干上涂上一层酸奶，最后铺上草莓！

喜欢一个人思考的时光，它悠闲、安静、美好，总会让我忘了置身何地！生活中，我们不要一味的朝前走，适当的时候应该停下来用心感受。因为只有学会感受和思考，才不会真的停止不前，也不会因为眼前的一些小事迷失大路的方向！

Charpter 7

甜蜜蜜甜汤

红豆就像是女生的闺蜜，能在你最需要的时候给你最贴心的爱护。

愉悦蜜红豆汤

煮红豆汤时一定要用红糖来调味，汤喝起来会甜但不腻。当然糖也不需要放太多，同时要吃的时候也可以加鲜奶！如果你想让红豆更甜蜜也可以加入蜂蜜，真的非常滋润！冬天可以热热的喝，夏天可以冰镇后再享用，都别有一番风味！如果你还嫌不够丰富不能勾起你的相思那就再根据个人的喜好放入一些你喜欢的布丁或果冻再加上一点点炼乳，这道甜品会给你潮起潮涌万分思念的感觉哦！想念变成一种美妙的好滋味，你怎么可以放过这一道甜品呢！

主要食材：

红豆100克，百合30克，红糖15克，你喜欢的口味的布丁或果冻一个，炼乳少许。

轻松DIY：

1 红豆要用水泡上半天，如果你想让它更快变软，可以在水中加一点点盐。

2 百合也是要泡一个小时左右并清洗干净。

3 在汤锅倒入1800毫升的水后加入红豆和百合一起炖煮，然后开大火直到水滚转小火盖上锅盖炖煮一个小时。

4 加入红糖放凉之后可以依你喜欢的味道再加上炼乳或布丁或可爱的草莓哦!

Aven美肤营养小叮咛

红豆的营养价值很高，它含有大量的铁，所以女生一定要多喝！缺铁的女生皮肤会比较暗沉，因为女生的"好朋友"每个月都会来探访你，所以记得要常吃这道甜品哦！

GOOD LUCK~!

红豆汤也可以加粉圆一起吃。一口是QQ的粉圆，一口是绵绵的红豆，真是让人一口接一口，缠缠绵绵在一起！

到底如何才能补充胶原蛋白？又如何才不会让胶原蛋白从你身体里流失掉呢？

胶原蛋白美颜汤

　　为了可以让皮肤变得更有弹性更紧致，Aven绝对不可抛弃美容圣品——汤。唯独自己亲自下厨才能体会到这道汤品所带来的神奇力量。不煮不知道，煮过吃过之后便疯狂地爱上了它！它没有我之前想象的腥味，也不肥腻到难以下口，反而被我炖煮得香喷喷！

人绝对不可以贪心，知道食物会对我们的皮肤有好处就大量猛吃，这样的做法是愚蠢的，反而会增加身体的负担。这道汤品我也有尝试加了花生一起来炖煮，效果更赞！炒花生会使人体上火，但炖煮就不会那么燥，所以你要学会通过看食材的属性来进行烹调喔！

主要食材：

猪蹄两只（请卖肉师傅将每只猪蹄切成四块），花生30克，姜10克，陈皮少许，香菇粉适量，伏特加酒三大匙。

轻松DIY：

1 先将买来的猪蹄入汤锅中烧开水煮5分钟，这样可以很好的把杂质去掉。

2 姜切片，花生洗净后加入煮过的猪蹄，等火一开把三匙伏特加酒加进去。这样等一下吃猪蹄就没有猩味了！记住加酒之后不要盖锅盖，要让大火把酒精挥发掉。

3 等酒精挥发后转小火炖一个半小时！

4 加入盐和香菇粉、陈皮调味！

Aven美肤营养小叮咛

猪蹄含有维生素E，维生素D和维生素K等有益的成分。这真是打破一般人所说吃猪蹄会发胖的说法，只要摄取平衡，一天吃一只猪蹄足够了！

Aven爱心小贴士

要吃之前可以放入香菜和胡椒粉，让猪蹄吃起来好Q好有弹性。如果你口味比较重可以拍一些蒜泥或加一点酱油，蘸着调料吃也很美味哦！

美白祛斑精华汤

在夏天我很喜欢喝绿豆汤，因为它不但清热又可以排毒，我在博客上已经说过不少次了。但是我还是说不腻，就像薏仁是美白肌肤的天然圣品，我也一样吃不腻反倒是越吃皮肤越白！薏仁不仅可以美白还可以消水肿，它同时可以利水渗湿、抗癌，如果你想美白，那薏仁一定是最佳的美容圣品！

Aven美肤营养小叮咛

薏仁放入搅拌器打成粉状后加点蜂蜜可以敷在脸上，它可以去黑斑，使皮肤透白。
多喝薏仁汤可以帮你排出身体内多余囤积的水分。

主要食材：

薏仁100克，冰糖少许。

轻松DIY：

薏仁先用水泡4个小时。切记一定要泡4个小时或以上，这样会比较好煮！

晚上睡觉前把薏仁泡水放进电饭煲。隔天早上就可以喝到薏仁汤了，这也是我的减肥秘方！

Aven爱心小贴士

如果你脸上莫名其妙起了痘痘，你还可以加入一点甘草同煮，对于消除后背的痘痘也很有效喔！

排毒瘦身汤

　　今天Aven分享这道甜汤给大家，它有瘦身美白排毒补血的功效，如果声音失声一碗喝下去可以迅速缓解症状！这一道甜品冬天可以喝热的，夏天可以喝冰的，冰镇过后喝起来润喉又爽口，是你不可错过的一道甜品！在这道汤品里出现的另外一位主角是银耳，一直以来我觉得银耳和燕窝口感差不多，只要把银耳用水充分地泡发，再剁细一点入锅煮甜汤并加入冰糖，口味真的可以以假乱真！让你喝了还感觉不出是真燕窝还是假燕窝。因为我经常这么做来"骗骗"我的朋友们，他们都完全感觉不到原来是物美价廉的银耳！哈哈！你也可以试试看喔，给你的朋友们来个健康美味的恶作剧！

主要食材：

木瓜半个去皮去籽切块备用，银耳10克用水泡发剁细备用，枸杞少许，冰糖少许，百合少许用水泡发洗净备用。

轻松DIY：

1 将矿泉水烧滚，水量大约在2000毫升左右。

2 先把银耳和百合放入锅内煮大约10分钟左右，之后放入枸杞和木瓜再同煮5分钟。

3 煮好后加入冰糖均匀搅拌，这道甜品就完成了！

Aven美肤营养小叮咛

木瓜的维生素C是苹果的4倍，还能养胃润肠，达到通便排毒的作用。基酸及不饱和脂肪酸、卵鳞脂，在促进人体新陈代谢的同时还有延年益寿的功效！这么多的好处加上猪蹄一起炖煮可是绝佳的食材啊！

Aven美肤营养小叮咛

银耳富含蛋白质、粗纤维、钙、铁、磷、维生素B_1、维生素B_2、烟酸以及16种氨基酸。

吃完饭过半个小时喝甜汤可以滋润五脏六腑，让体内不再感到燥热。平日下午来碗甜汤也有消食解疲倦的作用，所以甜汤在我的生活中扮演了很重要的角色，也是我的保养秘诀哦！看完这一道甜品的分享，希望你也能亲自动手做做看，做法相当简单，只要你年龄在10岁以上都会做哦！

Aven教你一种以假乱真的炖"假"燕窝的做法，让你喝起来口感更加甜润！

做法是将银耳用水泡发过后洗净，放入搅拌器并加入矿泉水，水量你可以自己控制，假如你要做一人份，就加入一碗水。把搅拌器打开只要5秒的时间就马上停止。之后倒入大碗里，放入木瓜、百合、枸杞、冰糖，如果有盖请用盖盖好。

市面上都有在卖一种叫"盅"的炖器，如果没有也没关系，你可以直接用保鲜膜盖住，再隔水加热，也就是隔水炖30分钟的样子！真的不骗你，不管色香还是味形都非常像冰糖燕窝！巧妙运用一下其他的做法，甜品的变化真是多姿多彩！不只是这样，它还可以让你的甜品变化出不同的滋味，这滋味只有你和尝过的朋友才知道！

苹果绿茶

　　我要为你泡一壶好茶，这壶茶充满阳光元气，充满香甜的苹果味和清新的绿茶香气，两者搭配在一起真是天衣无缝啊！这壶茶不仅好喝那么简单，它还有润肺和美容保健的功效，这也是Aven的独家秘方喔！虽然看似简单，但却很少有人知道怎么做。

今天还有一位抗氧化的主角——绿茶。绿茶清香不涩不苦，喝了很回甘！苹果加绿茶一起泡可以滋润皮肤，并促进新成代谢，所以我们要注意平时饮食不要吃太咸，太咸的食物都会造成身体的水肿。这壶茶的美容效果真的非常多，所以我经常泡来喝！市面有苹果茶售卖，但我觉得怎么泡都没有我这样的方式泡得香，其实还是新鲜的问题！如果有朋友来访，我一定会泡这壶好茶来招待他们，大家本以为是水果茶，但越喝越觉得与众不同！看着朋友们喝得那么开心，我自己也乐在其中啦！

主要食材：

新鲜的苹果一个（切块），有机绿茶一匙，白砂糖或蜂蜜适量。

轻松DIY：

1 Aven家的茶壶可以装600毫升的水，所以要看你的茶壶能装多少水再进行加减。

2 我会放入一点点白砂糖或一点蜂蜜。你也可以试试看！

Aven美肤营养小叮咛

绿茶富含叶绿素，维生素A，维生素C，胡萝卜素，还有微量的矿物元素，绿茶具有有效的抗自由基侵害的本领，并且抗氧化功能很强。

Aven爱心小贴士

这壶茶大概冲三次就没味道了，之后可以把苹果吃掉，如果不吃也没关系，因为主要养分都已经被我们喝进肚子里了！哈哈！这也很适合在办公室享用！

与许多年轻人不同，我的游戏天堂就是我家的厨房！我享受一个人烹饪美食的过程，我爱那些看似琐碎但充满乐趣和挑战的细节，每每看到经过自己的努力而制作出的一道道美味又健康的美食，内心都有说不出的喜悦！但是独乐乐不如众乐乐，请你来到我的厨房，跟Aven一起分享吧！

Charpter 8

缤纷养肤好气色果汁

如果你不爱吃水果，那么我建议你不如"喝"水果！把原汁原味都喝进肚子里，可以美肤、养颜、抗老化，况且做法简单。爱水果，就像爱护自己的身体，水果就是你青春焕发的美丽源泉呢！市售的果汁含量中大都会添加化学物质，所以才能存放那么久，偶尔喝一下对我们的身体也不会有多大的伤害，但如果你天天喝，那身体一定会出问题！

我对新鲜的果汁情有独钟，我也坚信新鲜果汁可以排毒养颜。如果你还会搭配DIY，你便更能体会到新鲜水果带给你的无穷乐趣，所以我每天都会为自己做一杯果汁，带来好心情的同时，更让你越喝越健康美丽。

在台湾，木瓜牛奶可是赫赫有名的一款美容饮品，单吃木瓜就已经很享受了，如果再把它做成果汁，那滋润的营养喝到身体里，会让我们健康又养肤哦！木瓜还可以润肠通便，所以便秘时要多吃木瓜，可以把身体的毒素都排除掉。加上牛奶，放入搅拌器打一分钟，纯香的木瓜牛奶就做好了！我喜欢在早上喝一杯木瓜牛奶，香浓的口感是我青春活力的源泉！

养颜美肤木瓜牛奶

轻松DIY：

木瓜半个去皮切块，放入搅拌器，倒入360毫升的牛奶搅拌一分钟，你就可以喝到原汁原味的木瓜牛奶了！市售的木瓜牛奶饮料可是加了水的，哪像Aven这样豪气，真材实料，最重要的是——卫生！

Aven美肤营养小叮咛

木瓜含有有机酸、苹果酸、维生素B$_1$、维生素C、钙、铁，都是我们人体所需的。

这么好的美白饮品本来就可以自己在家里做,何必去打什么美白针!只要每天两杯,我保证你的肌肤健康、透亮。

美白果汁

　　白皙清透的肌肤是很多女孩子的梦想，所以爱美的你，不仅仅要在保养品方面下手，Aven还要提醒你多做一些防晒措施，不然你这么勤快地美白，因防晒措施没做到家，不断受到紫外线的侵害，那才是功亏一篑！再向你爆一下料呦，好多美眉以为打美白针就会有惊人的效果，其实打进皮肤里的多数成分是维生素C而已，如果你每天都补充大量的维生素，为何还要花大价钱去打什么美白针，不如把这些钱拿来，使用美白保养品再加上饮食美肤，才是最正确的选择。

轻松DIY：

　　把猕猴桃切块加入360毫升的矿泉水中加入搅拌器，搅拌20秒就可以了，千万记住搅拌时间不要太久不然会破坏营养素哦！加一点蜂蜜会更好喝哦！

> **Aven美肤营养小叮咛**
> 每一颗猕猴桃中维生素C含量是450毫克，相当于20个苹果10个柠檬，它的维生素含量高到可以激退黑色素。不仅如此它还可以使我们的头发乌黑亮丽，使我们的肌肤弹性十足。

　　如果我去海边冲浪或游泳后不小心被晒黑，这时候我就要赶紧采取美白措施，除了外敷补水镇静面膜外，我的自制美白饮料便隆重上场了！其实，真正的美丽是内外兼修的，这样做美白效果会更明显。

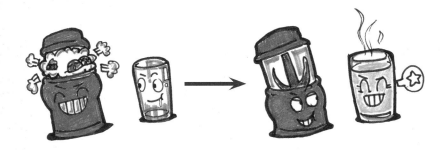

保湿豆奶饮

　　身体内如果保湿工作做得好，就会由内而外透出好气色。如果皮肤总是看起来暗哑，出现橘皮现象，还有小腿静脉屈张，那可就要小心了，这是由于你的身体内缺乏营养才造成的哦！

　　这是一杯可以在晚上当宵夜喝的饮品，在干燥的天气中喝一杯滋润的豆奶会让我一夜好眠，在睡眠中身体也不会流失水分。当然早上喝也是不错的选择，让你马上醒脑加补脑，并且它还可以暖胃护胃，最重要的是还能滋润我们的指甲。这杯保湿豆奶你一定要尝试自己DIY，相信我，你一定会爱上它！

主要食材：

黄豆20克，大杏仁10颗，葵花子少许。

轻松DIY：

把黄豆泡软蒸熟，把三样材料放入搅拌器搅拌一分钟，保湿豆奶就完成了！

Aven美肤营养小叮咛

黄豆富含人体所需的八大氨基酸。大杏仁中维生素E含量很高，不仅可以健脑，还可以滋润皮肤，让皮肤柔嫩光滑。葵花子还有养发的效果呢！

排毒祛痘饮

　　如果你不喜欢吃苦瓜，那就让我为你量身定做一杯蜜苦瓜汁。如果你最近常吃大鱼大肉，又有参加不完的PARTY，背部长痘痘，甚至连嘴唇周围也是，那就说明你体内的火气太大，毒素堆积而反应在皮肤上，这时就让蜜苦瓜汁来抢救吧！苦瓜还是抗癌食品中的明星！如此多的好处，即便苦一点也可以接受了吧？！

　　Aven发现，通常一些比较有神奇效用的水果都比较难搞定，不是酸得要死，就是很难料理。其实苦瓜还算好，还没那么骄傲，只要加入蜂蜜它的苦反倒会变成香，喝起来味道还很赞，只要你喝一次，感受它为你带来的功效，我相信你会爱上它！

轻松DIY

一根苦瓜洗净切块，加入360毫升的矿泉水和两大匙有机蜂蜜，在搅拌器中搅拌一分钟即完成啦！

Aven美肤营养小叮咛

Aven猜，许多女孩子都不喜欢吃又苦又涩的苦瓜，但是苦瓜可是解毒瘦身的好食材。在我的家乡台湾云林就有一种苦瓜丸，它的效用就是解毒素加减肥，怎么可以放弃吃它呢？况且它可是一名美肤大功臣！

苗条轻盈蔬菜汁

不好意思做个检讨啦，Aven平时蔬菜吃得比较少，不过我会用喝的方式把它补回来。对于忙碌的你，有快餐食物吃已经够偷笑了，想大量摄取蔬菜带来的营养除非自己动手做，其实也不用花太多的时间啦！既然知道就要动手，这就是我的口头禅！

我才不要放弃对我身体健康有益的蔬菜汁呢，这杯蔬菜汁的功效可是非常强大啊！粗纤维可以为我们的体内做大扫除，除了排毒之外，它还可以清血管，抗氧化，保护眼睛哦！如果你的指甲不光滑，经常喝也会改善的哟；如果你经常性水肿，喝了它可以消肿；如果你的皮肤蜡黄，表示肝脏有问题，所以也要喝它；还有如果你有头皮屑的困扰你更不能忘记它，这杯蔬菜汁包含了很多的功效，每天一杯远离肥胖远离亚健康！

轻松DIY：

胡萝卜半根，西红柿一个切块，西芹两根切块，当然还要一匙蜂蜜提味哦！
全部放入搅拌器中搅拌一分钟，美肤自然来！

脸红心跳水果汁

如果你不喜欢吃水果，Aven的招数就是喝果汁呀，你可以把快坏掉的，或你不喜欢吃的水果都加在一起打成汁，补充足够的维生素。由于是自己动手做很卫生也无添加，并且只要加多一点果糖味道就会变得甜蜜蜜！所以在家做菜真的很幸福，你不这样认为吗?!

Aven经常把吃不完的水果都拿来打成汁，如西红柿、葡萄柚、苹果、梨！

真的好好喝哦！一定要试试看哦！

酪梨牛奶

这款果汁我一定要分享给大家，因为太好喝了！这可是我从同学妈妈那里偷学来的呦！记得我当时喝第一口时，整个人呆住足足有三秒！怎么会有那么好喝的饮品，那时起我知道了它的名字——酪梨。酪梨的营养价值非常高，而且要等它熟透之后加牛奶打成汁，才是最独一无二的口感。这种口感相当的不一样，有一股梨子的清香，甜而不腻，口感很细很绵，真的舍不得把它一口气喝掉！

如果我到健身房做完运动，我都会做一杯酪梨汁来补充我的体力，酪梨含有10%的脂肪，所以肥胖的人士不能常喝，但可以作为减肥中的代餐来喝，因为喝一杯你就会很有饱足感，所以就看你如何来运用啦！

轻松DIY：

酪梨一个约150克，鲜奶300毫升。
将酪梨和牛奶放入搅拌器搅拌一分钟，又香又甜的酪梨牛奶就完成了！

Aven和他的朋友们~！

图书在版编目（ＣＩＰ）数据

Aven的美肤餐 / Aven著. – 北京：电子工业出版社，2011.6

ISBN 978-7-121-13374-9

Ⅰ. ①A… Ⅱ. ①A… Ⅲ. ①美容－食谱 Ⅳ. ①TS972.161

中国版本图书馆CIP数据核字(2011)第074969号

策划编辑：白　兰
责任编辑：鄂卫华
印　　刷：中国电影出版社印刷厂
装　　订：中国电影出版社印刷厂
出版发行：电子工业出版社
　　　　　北京市海淀区万寿路173信箱　邮编 100036
开　　本：787×1092　1/16　　印张：10　　字数：158千字
印　　次：2011年6月第1次印刷
定　　价：35.00元

　　凡所购买电子工业出版社图书有缺损问题，请向购买书店调换。若书店售缺，请与本社发行部联系，联系及邮购电话：(010) 88254888。

　　质量投诉请发邮件至zlts@phei.com.cn，盗版侵权举报请发邮件至dbqq@phei.com.cn。

　　服务热线：（010）88258888。

做美丽的女人，做更好的自己！

《NANCY的美丽生活》

作者：Nancy老师 著
定价：35.00元
出版：2011年6月

《郭老师玩发变发造型书》

作者：郭子敬 著
定价：32.00元
出版：2011年1月

《In买Life之男人城邦》

作者：周周 著
定价：29.80元
出版：2011年1月

《风格永存》

作者：艾瑞卡·斯塔尔德 著
估计：35.00元
出版：2011年4月

《原味美肌保养大革命》

作者：WOW 著
定价：30.00元
出版：2010年9月

《美出光彩：
肌肤十年如一日的年轻奥秘》

作者：台湾优雅气质美研社 著
定价：30.00元
出版：2011年1月

《穿对了，你就是限量版》

作者：珍珠&玫瑰 著
定价：30.00元
出版：2011年1月

《我要变漂亮》

作者：台湾三采文化编辑部 编著
定价：28.00元
出版：2011年3月

《别再叫我肥肥安》

作者：薇薇安 著
定价：28.00元
出版：2011年2月

《女人，从28岁到30岁》

作者：（韩）韩京娥 著
估计：28.00元
出版：2011年4月

《一个人的好时光》

作者：（韩）姜美英
定价：28.00元
出版：2011年5月

《拐哪个巷，巴黎》

作者：姚筱涵 著
定价：29.80元
出版：2011年1月

《嘿！宝贝儿，别这样》

作者：陈昕 著
定价：29.80元
出版：2011年1月

《亲自爱心甜点》

作者：江盈达 翁晓岚 著
估计：30.00元
出版：2010年8月

《养生健康面包》

作者：林宥君 著
定价：32.00元
出版：2010年8月

《甜点茶饮DIY》

作者：林峰玉 吴缺 著
定价：35.00元
出版：2011年1月

《排排更健康》

作者：肖怡娜 著
定价：29.80元
出版：2011年1月

《痘痘书》

作者：洛小美 著
定价：28.00元
出版：2011年1月

《睡眠书》

作者：梅文宇 著
定价：26.00元
出版：2011年3月

《活力上班族》

作者：雨虹 著
定价：26.00元
出版：2011年5月